선생님 아빠,
아이에게 주고 싶은 단 하나의 힘

선생님 아빠,
아이에게 주고 싶은 단 하나의 힘

초판인쇄	2022년 12월 23일
초판발행	2022년 12월 29일
지은이	김민경
발행인	조현수
펴낸곳	도서출판 프로방스
기획	조용재
마케팅	최관호 최문섭
편집	강상희
디자인	토 닥
주소	경기도 고양시 일산동구 백석2동 1301-2
	넥스빌오피스텔 704호
전화	031-925-5366~7
팩스	031-925-5368
이메일	provence70@naver.com
등록번호	제2016-000126호
등록	2016년 06월 23일

정가 15,000원
ISBN 979-11-6480-286-9   03810

선생님 아빠,

아이에게 주고 싶은
단 하나의 힘

DAD

김민경 지음

프로방스

"4세~7세 아이" 하면 어떤 단어가 가장 먼저 떠오르나요? 유치원, 어린이집, 병아리, 새싹, 어린이 등 모두 유아기 아이들을 상징하는 단어입니다. 저는 '성장'이 먼저 떠오릅니다. 말을 배우는 시기, 신체 움직임을 배우는 시기, 감정조절을 배우는 시기, 무엇이든 배우는 시기입니다. 무한한 성장을 하는 시기가 바로 유아기입니다. 저는 이런 유아기 아이들에게 축구를 가르쳤습니다. 체육 수업과 축구, 줄넘기 등등 유아들을 대상으로 신체활동 수업을 하는 '유아 전문 코치'였습니다.

아이들을 가르치면서 수많은 후배 선생님들을 만났습니다. 후배들을 가르치는 일이 많았고, 자연스레 교육 자료도 만들었습니다. 당시에는 저의 교육 자료를 맹신하고 자신만만했습니다. 제가 교육하면 누구든 뛰어난 선생님이 될 수 있다고 생각했습니다. 아이들을 가르치는 분야에서 누가 더 실력이 좋은지 겨루는 대회가 있다면, 반드시 우승할 수 있다며 자신했습니다. 제가 최고였고, 저의 방식대로 교육했습니다. 학원 안에서만큼은 모든 아이를 컨트롤 할 수 있는 최고의 선생님이라고 생각했어요. 심지어 아이를 키우면서 육아에도 자신 있었습니다. 언제나 자신감 넘쳤고, 저의 방식이 옳다고 생각해왔죠. 하지만, 시간이 지날수록 이 생각은 점차 변해갔습니다. 후배 선생님 중에는 배운 것을 정석대로 활용하는 선생님이 있는가 하면, 자기만의 방식을 만들어가는 선생님도 있었습니다. 결과적으로는 자신만의 방법을 만드는 선생님이 더 원활한 수업을 하였습니다. 이러한 사례가 많아졌고, 생각했습니다. 누구에게도 정답은 없구나. 각자 자신만의 방식을 만들어가는 것이구나. '유아교육'에서도, '육아'에서도 정해진 답은 없다는 것을 깨달았습니다. 각자에게 맞는 교육 방법이 있고, 같은 교육 방법이라도 누가 어떻게 활용하느냐에 따라 그 결과는 천차만별이라는 것을 알게 되었습니다. SNS, 블로그에 올라오는 육아에 관한 모든 정보와 지식은 정답이 아니라 권고사항이라는 점을. 어떤 육아 서적에도 정답이 없으며 마치 정답인 것처럼 말하는 육아 지식을 조심해야 한다는 점을 깨달았습니다.

그와 동시에 마치 정답인 줄 알았던 제가 만든 교육 자료는 쓸모가 없어졌습니다. 그래서 다시 재정비하기 시작했습니다. 누구에게나 공통으로 중요한 점이 무엇일까? '유아기' 아이들을 가르치는 선생님에게도, 유아기 아이를 키우는 학부모님에게도 꼭 필요한 것은 무엇일까? 아이의 성장을 위해 가장 중요한 요소가 무엇일까? 내 아이를 성장시키는 데 있어서 중요한 공통점을 찾아내고, 교육의 포인트를 찾기 시작했습니다. 그 결과, 학원에서도, 가정에서도 아이와의 소통이 가장 중요하다는 것을 알게 되었습니다. 소통력이 뛰어난 아이일수록 배움이 빠르고, 사회성 발달도 빨랐습니다. 선생님이 없을 때는 소통력이 뛰어난 아이가 리더가 되었습니다. 친구들은 그 리더를 믿고 따랐습니다. 또, 감정적으로 안정적인 모습도 보았습니다. 부모님의 차분한 소통 활동이 아이에게 영향을 준 것입니다. 특히 부모님과의 소통이 안정적인 아이들은 밝고 활기찬 모습을 보였습니다. 가장 눈에 띄는 점은, 소통을 잘하는 아이들이 무엇이든 빨리 배웠습니다. 아이의 모든 성격과 표현, 성장 발달 수준이 부모님과의 소통에 있다는 것을 알게 되었습니다. 비밀의 열쇠는 '소통'이라는 점을 두 눈으로 보아왔습니다. 그리고 이를 활용해 많은 아이를 성장시켜 왔습니다.

이 책에는 저의 경험과 노하우를 담았습니다. 아이를 성장, 발달시키기 위해 공부한 흔적입니다. 아이 키우는 일상에 아주 조금이라도 도움이 되었으면 하는 마음에 글을 적기 시작했습니다. 시대에 따라 교육의 트렌드도 변화해왔습니다. 제가 유아교육을 공부할 때는 '놀이 교육'이 중시되었습니다. 미술, 영어, 음악, 수학 모든 과목에서 놀이식, 게임식 수업을 지향하였어요. 거슬러 올라가면 창의력 교육, 발표형 교육, 논술 교육, 독서교육 등 많은 유아교육의 방식이 있었습니다. 제가 강조하는 교육 방식은 바로 '소통 교육'입니다. 이제는 소통 교육의 시대입니다. 부모와 아이의 소통이 필요한 시대입니다. 인터넷과 휴대폰으로 뚝뚝 끊기고 있는 소통의 끈을 다시 이어 나가야 합니다. 소통을 통해 아이뿐만 아니라 부모님도 같이 성장합니다.

이 책은 두 가지 글로 나누어집니다. 첫 번째, 아이들의 특성에 관한 글입니다. 아이들을 다루는 것은 절대 쉬운 일이 아닙니다. 아이들만이 가지고 있는 고유한 특성을 파악하여야만 원활한 소통을 할 수 있습니다. 유아기 아이들의 특성을 바탕으로 소통하는 방법을 나열하였습니다. 두 번째, 실제 사례에 관한 글입니다. 제가 경험하거나, 우리 학원에서 있었던 일을 적었습니다. 글에선 대부분 가명을 사용하였습니다. 실제 겪은 에피소드를 통해 아이와의 소통 활동을 정리해보았습니다.

글을 쓰는 현재는 축구 선생님이 아닌 영어 선생님으로 활동하고 있습니다. 지도하는 아이들은 대부분 고학년 이상입니다. 아이들의 나이에 상관없이, 지도의 기본 원리는 같다는 점을 알게 되었습니다. 축구든, 영어든, 무엇을 가르치는지에 상관없이, 아이들을 지도하는 원리는 결국 소통이라는 점을 깨닫고 있습니다. 아이와의 소통이 가장 중요한 가치라는 것을 깨달았습니다. 올바른 소통 활동을 통해 교육할 수 있고, 훈육도, 신체 발달도, 성격 변화도 이루어 낼 수 있습니다. 유아기 모든 성장은 소통으로 시작됩니다. 저의 경험과 공부했던 기록, 노하우들이 아이와 소통에 분명 도움이 될 것입니다. 아이들을 지도하는 사람으로서, 그리고 한 아이를 키우는 아빠로서, 진심을 담아 글을 적었습니다. 이 책을 읽는 사람이라면 분명, 내 아이의 성장에 관해 '진심'인 분이라 생각합니다. 이 책을 통해 저의 진심과 독자 여러분의 진심이 잘 통하기를 바랍니다. 감사합니다.

| 차 례 |

4장   완성

5장   지름길

6장   고민

1장

불통과 소통사이

1
코로나 키즈

저는 영화 보는 걸 굉장히 좋아합니다. 현실에선 상상도 못 한 세계를 대신 펼쳐주거든요. 그래서 SF 영화를 선호하는 편이에요. 힘든 하루를 보낸 날이면 아이를 재운 뒤, 빔프로젝터를 켜놓고 팝콘을 먹으며 영화를 본답니다. SF 영화가 아니더라도 상상도 못 한 '상황'을 그린 영화도 즐겨 봅니다. 영화 '괴물'은 제가 가장 좋아하는 영화 중 하나에요. 상상도 못 한 상황과 괴물이 동시에 나오거든요. 영화의 내용은 이렇습니다.

연구원들이 환경오염을 유발하는 화학약품을 배수구에 버립니다. 그게 그대로 한강으로 이어져 기형적인 괴물이 만들어지지요. 그런데 영화에서는 괴물이 만들어진 원인을 '바이러스'라고 하며 소동이 일어납니다. 사람들이 보이지도 않는 바이러스를 두려워하고, 마스크를 쓰고 다니는 장면이 나옵니다. 무려 15년 전 영화입니다. 그런데 많이 보던 장면이지요. 마스크를 쓰고 다니는 요즘 길거리와 다를 게 없습니다. 누군가 마스크를 쓰지 않고 기침이라도 하면, 혹시나 하는 마음에 거리를 두게 되지요. 영화에서나 보던 일들이 현실이 되었습니다.

어느새 코로나는 우리 삶의 일부분으로 자리 잡아 함께 살아가고 있습니다. 최근 들어, 사람들의 인식도 많이 바뀌고, 관련 정책도 '위드 코로나'의 분위기로 형성되는 것 같아, 다시 코로나가 없던 예전처럼 바뀌는 추세이지요. 2020년도 초부터 22년도 초까지 가장 예민하고 힘들었던 시기였습니다. 물론, 각자의 자리에서 힘들었던 분들이 많이 계시지만, 그 누구보다 안타까웠던 건, 바로 아이들입니다. 아이들은 자유롭지 못했습니다. 맑은 공기를 자유롭게 마시지 못했죠. 땀이 나는데도, 답답하게 마스크를 꼭 끼고 있어야 했어요. 한창 예민한 시기에, 어디 나가지도 못하고 집에만 있었던 아이들도 많습니다. 학교에 가지 못하고 온라인 수업만 해야 했습니다. 어떤 학교에서는 절반씩 나누어 등교해서, 같은 반 친구가 누군지도 모르더라고요. 학교에 가서도 친구들과 이야기 나누지 못하고, 각자 자리에서 수업만 듣고 오는 경우가 대부분이었습니다. 졸업식, 입학식, 운동회 등등 다양한 활동을 경험하지 못한 채 1, 2년을 보낸 아이들입니다.

　엄마 아빠들도 고민이 많았습니다. 데리고 나가자니 무섭고, 집에만 있자니 아이에게 미안하고. 놀이터에서 마스크를 벗고 놀다가, 다른 친구가 오면 급히 마스크를 씌우죠. 우리 아이가 위험해서가 아니라 다른 친구가 싫어할까 봐 조심하게 됩니다. 사진을 보면 죄다 마스크를 끼고 있어요. 찍을 때는 별다른 생각 없이 찍었는데, 나중에 보면 후회합니다. 마스크를 벗은 모습을 보면, 누가 누군지 헷갈릴 때도 많아요. 학원 운영 당시, 아이들의 예쁜 사진을 전시해주고 싶었어요. 그래서 학부모님들에게 아이의 마스크 벗은 모습의 사진을 보내 달라고 했죠. 나중에 모아놓고 보니 비슷한 눈매를 가진 아이들은 정말 구별이 안 되더라고요. 또 하루는 이런 적도 있어요. 식당에서 밥을 먹고 있었습니다. 우연히 학원에 다니는 아이를 본 적 있어요. 평소 인사도 잘하고, 거리낌 없이 다가오는 아이인데 쭈뼛쭈뼛하더라고요. 그래서 인사를 하며 물어보니, 마스크를 벗은 제 모습을 보니 못 알아봤다고 하더군요.

　코로나로 인해 정상적인 소통이 불가능해졌습니다. 특히 어린이집, 유치원, 학교, 학원 등 아이들이 "사회적 활동"을 하는 곳에서는 더욱 문제가 심각합니다. 더군다나 요즘엔, 인터넷과 휴대전화도 막힌 소통에 한몫하고 있습니다. 아이들이 핸드폰과 친구가 되는 시대니까요. 심지어 수업도 온라인 줌 수업으로 하는 것에 익숙해졌습니다. 대면 수업을 어려워하는 학생들도 많아지고 있지요. 그런데 말입니다. 우리 아이들이 겪은 1, 2년 동안 파생되는 문제가 하나 더 있습니다. 요즘, 그런 말이 많습니다.

"마스크를 쓰고 다니기 때문에 영유아들이 말을 배우는 속도가 현저히 늦어졌다."

과연 진짜일까요? 왜 이런 문제가 발생할까요. 기본적으로 아이들은 보고, 듣고, 따라 하면서 말을 배웁니다. 그런데 아이들이 사람들의 음성을 듣기는 듣는데, 보지를 못합니다. 마스크로 가려져 있어서, 입 모양을 보지 못합니다. "엄마"라는 발음은 처음 시작할 때 엄마의 입 모양을 보면서 시작합니다. "음~마"라고 입술을 붙였다 떼면서 발성하게 되거든요. 시각적인 요소들을 시작으로 말을 배우게 됩니다. 어린이집 선생님도 마스크를 끼고 있으니, 아이들이 선생님의 음성은 듣지만, 입 모양은 보지 못하기 때문에 배우는 속도가 늦어집니다. 엄마는 아파트 경비 아저씨와도 인사하고 이야기를 나눕니다. 하지만 마스크 때문에 입 모양을 보지 못합니다. 발음을 보는 횟수가 줄어들었기 때문에 아이들이 말을 배우는 속도가 늦어졌습니다. 또 다른 문제점도 있습니다. 요즘 아이들은 표정을 구별하기 힘들어합니다. 이 또한 마찬가지입니다. 마스크로 얼굴의 절반이 가려져 있으니, 다양한 표정을 배우지 못하게 됩니다.

　우리 아이들이 겪는 이 모든 것들이 "소통"과 관계되어 있습니다. 사람과 사람 사이 관계의 시발점 역할을 하는 소통에서 문제를 겪고 있습니다. 단순히 생각해보면, 당연한 결과입니다. 신체적으로 밀접할수록 감염이 되기 때문에 거리를 두어왔고, 이는 정서적으로도 거리가 생기게끔 했습니다. 사람들끼리 거리를 두는 것에 익숙해지고 있습니다.

　'다가가는 것'보다 '멀리하는 것'을 먼저 배운 우리 아이들. 안타깝지만 그것이 현실입니다. 그렇지만 문제가 있다고 절망해있을 것이 아니라, 개선을 위해 노력해야 합니다. 멀어진 소통으로 인해 가장 더뎠던 것은 '성장'입니다. 코로나로 부족했던 '성장'을 다시 한번 끌어올려야 합니다. 아이들은 사람들과 만나고, 이야기를 나누는 것만으로도 배우고 성장합니다. 비대면 시대에서 잃었던 소통을 되찾아야 합니다. 아이들의 성장을 위해 소통을 시작해야 합니다.

2

소통의 중요성

얼마 전, 오랜만에 친구들과 단체 카톡방을 만들어 이야기를 나누었습니다. 대학생 시절처럼 시시콜콜한 이야기가 이어졌어요. 농담과 장난이 주를 이룬 대화였습니다. 그런데, 한 명이 대뜸 '애는 잘 크냐?'라고 묻습니다. 그때부터 '아이' 이야기가 시작되었습니다. 우리 아이는 이렇고 저렇다며 대화가 이어졌습니다. 가벼운 대화를 할 땐 말이 없던 친구들이 폭풍 수다를 떨기 시작합니다.

육아 이야기가 나오자 봇물 터지듯 이야기를 나누었어요. 저도 마찬가지였습니다. 시현이는 키가 작아 고민이거든요. 잘 안 먹는 시현이 이야기를 하였지요. 어떤 친구는 아이가 말이 느리다며 발달센터에 가봐야 할지 고민이라고 했습니다. 배가 만삭인 친구는 뱃속 아기의 성장에 대해 걱정하였어요. 조금 일찍 결혼한 친구는

선생님 아빠, 아이에게 주고 싶은 단 하나의 힘

아이가 3학년이에요. 친구들 사이에선 3학년 아이면 다 키운 거죠. 하지만 3학년이든 6학년이든 중3이든, 아이에 대한 고민은 어느 집이나 똑같아 보였습니다. 오랜만에 단톡방에서 이야기를 나누었는데, 10년 전 주제와 완전히 달라져 있었어요. 아이에 관한 이야기로 꽃을 피웠습니다.

아이와 관련된 수많은 고민과 걱정거리들이 있지만, 가장 많은 영역을 차지하는 부분이 바로 '성장'입니다. 어떤 집은 신체적 성장을 고민하고, 또 어떤 집은 사회성에 관한 고민이 있습니다. 두뇌 발달에 대한 고민, 사고력, 인지 능력 등 아이에 대한 모든 걱정과 고민의 근본은 바로 '성장'입니다. 사람들은 아이의 '성장'에 대해 고민하며 살아갑니다.

저는 축구학원을 맡아 일했습니다. 학원의 콘셉트는 '실력 상승'이 아닌 '즐거움'이었습니다. 축구클럽이지만 선수 육성 반이나 엘리트 반은 없었습니다. 오픈 초기에는 말이 많았어요. 선수 육성 반도 없는 축구교실에서 왜 축구를 배우냐며 말들이 많았죠. 그냥 '공으로 노는 곳'이라며 비아냥대는 사람들도 있었습니다. 하지만 교육관을 끝까지 밀어붙였습니다. 아이들이 바른 성장을 하는 것에 중점을 두었어요. 축구를 통해 활기차고 긍정적인 아이들로 성장시키는 것을 목표로 했습니다. 등록을 원한다면 누구나 다 참여할 수 있었습니다. 대부분의 축구클럽에서 진행하는 입단 테스트가 없었어요. 그러다 보니 한 가지 문제점이 발견됩니다. 같은 나이끼리 묶어서 수업해도, 아이마다 성장과 발달의 차이가 크다는 점이었습니다. 같은 수업을 해도 누구는 잘 따라오고, 누구는 잘 따라오지 못했습니다. 유아기 아이들은 같은 나이인데도, 개월 수에 따라 발달 정도가 크게 차이 때문에 난처했습니다. 하지만 우리 학원의 색깔은 분명했습니다. 단 한 명도 포기하지 않는다는 마인드가 있었습니다. 때문에, 몇몇 아이들이 따라오지 못하는 것은 있을 수 없는 일이라 생각했습니다. 조금 부족한 아이들에게 포커스를 맞추어, 발달과 성장을 촉진하는 데 전념했습니다.

'소통은 모든 것의 만병통치약이다.' - 톰 피터스

아이들의 성장 고민을 해결해 준 것은 바로 '대화'와 '소통'이었습니다. 일단, 수업에 잘 따라오지 못하는 아이의 바로 옆에 섰습니다. 아이에게 달라붙어, 끊임없이 대화하고, 소통하였습니다. 무엇이 부족한지, 언제 집중을 못 하는지, 감정이 어떻게 변하는지. 바싹 달라붙어 교감하였어요. 처음에는 땀을 뻘뻘 흘렸어요. 끊임없이 집중시켜야 했고, 안 되는 것은 도와주고, 할 수 있을 것 같으면 기다려주기도 했습니다. 아이가 하려고 하는데 잘 안되면 손을 잡고 도와주기도 했어요. 화장실을 가고 싶어 하거나, 물을 마시고 싶어 할 때마다 쉬는 시간이 언제인지 규칙을 설명해주었습니다. 또한, 아이 스스로 의사를 표현하게끔 끊임없이 유도하였어요.

수업하는 선생님은 정말 고마워했습니다. 한, 두 명의 아이를 케어해주니 수업이 원활히 진행되었으니까요. 저는 아이가 조금이라도 성장하도록 끝까지 옆에 있어 주었습니다. 그랬더니 한 명씩 수업에 따라가기 시작했습니다. 평균적으로 한 수업에 한 명은 꼭 도와주어야 했습니다. 끊임없이 옆에 붙어 소통하였더니, 몇 개월이 지난 후 아이들은 저의 도움 없이도 수업을 잘 따라갈 수 있게 되었습니다.

폭발적인 성장을 이룬 몇몇 아이들은 성향이 바뀌기도 했습니다. 소극적이고 내성적인 아이였는데, 꾸준히 소통하니 성격이 달라지기 시작했습니다. 아이가 의사를 표현하는 것에 자연스러워졌습니다. 아이는 점점 말도 많아지고 활동적으로 변했고, 엄청난 에너지를 발산했습니다. 진짜 성향이 드러나기 시작한 것입니다. 아이들의 성장을 돕고자 옆에 달라붙어 소통하였습니다. 담당 선생님은 수업을 진행하고, 보조 선생님은 아이들 옆에 선다. 이는 학원의 규칙이 되었고, 모든 수업에 보조 선생님을 투입하는 규정이 만들어졌지요. 일반 학원보다 인력을 두 배로 사용하기 때문에 인건비를 감당하기 힘들었습니다. 하지만, 아이들의 변화가 소문이 났는지, 인건비 걱정을 할 필요가 없을 정도로 많은 인원이 학원에 다녔습니다.

아이들이 가장 빠르게 성장하는 원리는 '소통'이었습니다. 아이와 꾸준히 소통하고 교감하였더니 달라지기 시작했습니다. 훌륭한 소통은 성격의 변화도 만듭니다. 본인도 몰랐던 성격이나 기질이 발휘되는 때도 있습니다. 감춰져 있던 아이의 잠재력을 깨워주기도 합니다. 소통의 위대한 힘입니다. 유아기는 모든 성장이 폭발적으로 이루어지는 시기입니다. 신체적, 정서적, 사회적, 지적 성장이 급격하게 이루어집니다. 이러한 모든 성장을 고루 이루어내는 것이 바로 "소통력"입니다. 이 시기에 부모님과 올바른 소통을 하였느냐가 아이의 성장에 영향을 끼칩니다. 유아기 아이들의 성장 속도를 바른 소통으로 가속화 할 수 있습니다. 부모 혹은 선생님이 아이와 어떻게 소통을 하느냐에 따라, 성장 속도가 달라집니다.

3

배움이 더 빨라지는 방법

아이들은 하루가 다르게 성장합니다. 금방 배웁니다. 가르치지 않아도 습득합니다. 자신도 모르게 체득할 때도 많지요. 힘과 유연성이 붙으면서 할 수 있는 동작이나 활동도 많아집니다. 그런데 우리 아이만 유독 성장이 느리다면 기분이 어떨까요. 어느 아이가 유독, 모든 면에서 빨리 습득하고 배운다면 우리 아이와 비교하지 않을까요? 발달의 속도가 다름은 이해하지만, 배움의 속도가 다르다면 따라잡고 싶지 않을까요? 그리고 배움의 속도를 키울 수 있다면 어떨까요?

지난 2020년 여름, 5살 지호가 찾아와, 상담했습니다. 지호는 조금 느린 아이였습니다. 또래 아이들과 비교하면 집중력, 주의력,

언어 발달, 신체 활용 능력 등등 전반적인 성장 발달이 늦는 편이었죠. 인사부터 어려움을 겪었습니다. 쉽지 않았어요. 그저 도망만 다녔습니다. 엄마가 지호를 도망가지 못하게 잡으면, 소리를 치고 난리를 피웠습니다. 교실에 들어가기 전부터 어찌나 진땀 나던지…. 저는 모든 수업에서 인사를 굉장히 중시하는데요. 인사에는 여러 가지 의미가 담겨있습니다.

첫째로 선생님이 누구인지 '인지'를 합니다. 둘째, 선생님의 눈을 바라보는 것을 배우게 됩니다. 셋째, 인사를 통해 '교감'을 하게 됩니다. 지호와 인사를 시도하고 약 3분가량 실패했어요. 아이 콘택트 자체가 되지 않아, 소통할 수 없는 상태였습니다. 이때, 억지로 인사를 시키려고 노력하지 않았습니다. 인사가 중요하다는 것을 꾸준히 알려주었습니다. 꼭 학습해야 한다는 것만 알게 하고 넘어갔습니다. 매주 반복하여 훈련하면 되기 때문이지요. 사실, 수업 시간 내내 시도하는 것은 지호에게 즐거움을 주는 것이었습니다. 지호가 웃게 하고, 즐거워하는 모습을 찾는 것이지요. 왜냐하면, 지호는 즐거워하는 것을 반복할 것이기 때문입니다. 반드시 또 하고 싶다고 의사 표현을 하게 됩니다. 말로 표현하지 못하더라도, 어떠한 방법으로든 표현을 하게 될 것입니다.

지호가 스스로 표현할 때 선생님은 그것을 활용해 교육할 수 있습니다. 중요한 것은, 즐거움을 주는 사람이 선생님인 것을 인지시켜야 합니다. 지호가 자기 마음대로 하는 것에 즐거워해서는 안 됩니다. 선생님이 제공하는 프로그램이 즐거워야 합니다. 그래야 선생님의 제공을 '기다리는 것'도 가르칠 수 있게 됩니다. 자기 혼자 뛰어노는 것이 즐거우면, 선생님이 필요 없거든요. 선생님과의 소통을 통해, 자기의 행동이 무엇을 얻게 하는지와 잃게 하는지를 알게 해야 합니다. 즐거움을 주는 선생님이란 걸 알게 하자 점점 제가 주도권을 갖게 되었습니다. 처음에는 도망만 치던 지호가, 2~3주 만에 인사하기 시작했어요. 지켜보시던 지호 어머님께서 얼마나 놀라시는지 몰라요. 사실, 그 이후부터는 어렵지 않습니다. 선생님에게 처음 마음의 문을 열게 하는 것이 어렵지, 한번 마음의 문을 열면, 아이는 잘 따라오게 되어있습니다. 지호와 수업을 시작한 지 5주 만에, 다른 친구와 2대1 수업을 진행하였고, 그룹활동에 대한 충분한 가능성을 보여주었습니다. 10주간 많은 변화는 없었어요. 하지만 아주 큰 변화가 있었습니다.

지호와 함께 수업하면서 제가 했던 수업의 포인트는 단 하나입니다. 바로 '소통'입니다. 지호가 무엇을 좋아하는지 캐치했습니다. 어떤 것에 즐거움을 느끼는지, 무엇을 어려워하는지, 어떤 색깔을 좋아하는지 등을 알아채 소통했습니다. 지호의 의사와 표현을 들어주었더니, 지호가 마음의 문을 열기 시작했습니다. 그리고 반대로 지호가 제 말을 들어주기 시작했지요. 그 이후로 지호는 어떻게 됐을까요? 약 4개월 만에 그룹 수업에 참여하기 시작했습니다. 불통 그 자체였던 아이가, 그룹 수업이 불가했던 지호가, 꾸준히 소통하고 본인의 의사를 들어주자, 4개월 만에 그룹 수업이 가능해졌습니다. 아이도 다른 사람의 의사를 듣기 시작했다는 것. 이것이 포인트입니다.

두 명의 아이가 있습니다. 첫 번째 아이는 본인의 의사만 표출하는 아이이고, 두 번째 아이는 다른 사람의 이야기에 관심 두고 들을 줄 아는 아이입니다. 과연 어떤 아이가 배움의 속도가 빠를까요. 당연히 두 번째 아이가 더 빠르게 배웁니다. 아이들의 배움은 '모방'에서 시작됩니다. 보고 듣고 따라 하면서 배우기 시작합니다. 타인의 의사에 관심을 두고 받아들일 줄 아는 아이가 되게끔 하는 것. 이것이 배움의 속도를 높이는 방법입니다. 가르치려고 노력하는 것이 아닙니다. 스스로 배울 수 있는 아이가 되게끔 만들어주는 것이 중요합니다.

"내가 가르친 것을 기억하는 것보다 중요한 것은, 이 아이가 어디서든 집중하고 배우는 습관을 갖는 것이다."

"배운다."라고 하면 학교와 학원을 떠올리게 됩니다. 일반적으로, 무언가를 배울 때 선생님의 가르치는 능력을 중요하게 생각합니다. 하지만, 선생님의 능력보다 중요한 것은 아이들의 배움의 능력입니다. 선생님이 아무리 뛰어난 실력을 갖췄다 하더라도, 아이가 배우는 능력이 부족하면 아무런 소용이 없습니다. 선생님이 제공하는 정보를 이해하고 습득하여 자기 것으로 만드는 것은 아이가 스스로 해야 합니다. 양육자와 떨어져 있는 공간에서 스스로 배워야 합니다. 집중하여 듣고, 받아들이고, 따라 하는 것에 습관을 만들어주면 어디서든 빠르게 배우는 아이가 됩니다. 가정에서뿐만 아니라 어디서든 습득하는 아이가 됩니다.

배움은, 학교나 학원에서 시작되는 것이 아니라, 가정에서 시작됩니다. 스스로 배우는 강력한 힘을 가진 아이로 만드는 포인트는 바로 올바른 소통입니다. 배움의 속도가 늦고, 우리 아이가 조금 느린 아이라면 멀리서 시작하지 마시고, 가정에서 시작해야 합니다. 해답은 가정에 있고, 가까이에 있습니다. 부모의 말을 잘 듣는 아이보다 스스로 판단하고 생각하는 아이로 성장시켜야 합니다. 아이들에게 스스로 배우는 힘을 주기 바랍니다.

4
소통력이 뛰어난 아이들

기민이는 다섯 살 남자아이입니다. 다섯 살, 남자아이. 그 어느 연령대보다 욕심 많고, 고집을 부리는 시기입니다. 어린이집에는 다양한 장난감이 많이 있습니다. 어른들이 보기엔 장난감이 많으니 아이들이 사이좋게 나누어 쓸 거라 생각합니다. 하지만 아이들 눈에는 모든 장난감이 '자기 것'입니다. 선생님의 통제가 없으면 싸우기에 십상이에요. 기민이의 반 친구들도 그랬습니다.

그 많은 블록은 제쳐두고 하나밖에 없는 자동차를 서로 쓰겠다며 다퉜습니다. 한 명이 블록을 가지고 놀면, 다른 한 명이 와서 같이 놀자고 합니다. 그럼 혼자 놀던 아이는 자기 블록을 **빼앗긴다**고 느끼죠. 선생님은 쉴 새 없이 아이들을 중재합니다. 그런데, 기민이는 남달랐습니다. 선생님이 필요가 없었습니다. 기민이 스스로 중재하였습니다. 다툼이 있는 경우, 감정적으로 반응하지 않았습니다. 대화를 통해 해결하였고, 합의하는 모습을 보여주었습니다. 기민이가 가지고 놀던 장난감을 다른 친구가 가져갈 때도 기민이는 당황하지 않았습니다.

"너, 이 장난감 재밌어 보여서 가져가는 거야? 조금만 쓰고 다시 돌려줘."

실제로 기민이는 이런 말을 하였습니다. 상대방 아이도 예상치 못한 반응에 당황하더니, 조금만 놀고 돌려주었어요. 기민이는 늘 감정적으로 안정되어 있었습니다. 차분하게 의사소통하고, 다른 친구의 말을 들어주려고 했어요. 기민이 덕분에 다른 아이들도 차분해지는 분위기가 생겼습니다. 일부 여자아이들은 기민이의 침착한 대응을 따라 하기도 하였습니다. 선생님은 늘 생각했습니다. 언젠가 아이를 키우면 기민이처럼 키워야겠다고.

늘 친구들이 잘 따르는 서연이도 있습니다. 일곱 살 서연이는 친구들을 데리고 놀이를 주도하였습니다. 어떤 놀이를 하면 좋을지 친구들과 이야기를 나누었습니다. 모든 아이가 서연이를 따랐습니다. 서연이가 하는 놀이는 그 반의 유행이 되었습니다. 아이들은 서연이와 놀 때 가장 재미있어했습니다. 서연이와 노는 시간에는 다투는 일도 없었습니다. 간혹, 너무 많은 아이가 몰리면 서연이가 놀이를 분배해주기도 하였습니다. 서연이는 아이들의 리더입니다. 선생님이 없으면 아이들은 서연이가 선생님인 것처럼 행동했습니다. 선생님처럼 행동한다는 말의 뜻이, 아이들을 제재한다는 것이 아닙니다. 좋은 의미에서 선생님의 역할을 대신해주었습니다. 여섯 살 반에서도, 일곱 살 반에서도 서연이는 아이들이 믿고 따르는 리더였습니다.

참 신기한 건, 감정적으로 안정적인 기민이와 아이들의 리더 서연이는 남매입니다. 선생님은 서연이와 기민이를 보며 항상 그 가족이 궁금했습니다. 한 반에 한 명 정도 있을 법한 똘똘한 아이 두 명이 남매라니. 어떻게 하면 아이들을 두 명씩이나 이렇게 예쁘게 키우는지. 기민이와 서연이를 보며 항상 생각했습니다. 그러던 어느 날 어린이집 앞 놀이터에서 기민이와 기민이의 엄마를 만났습니다. 선생님은 멀리서 보고 있었죠. 그때 기민이가 타고 있던 그네에 아이들이 몰리기 시작했습니다. 한 명 두 명, 줄을 서더니 다섯 여섯 명으로 줄이 길어졌습니다. 다툼이 생길 것으로 보였습니다. 선생님이 중재하기 위해 다가가려는 순간 기민이의 엄마가 기민이에게 말했습니다.

"기민아, 너 그네 충분히 탔니?"

"아니."

"그럼 몇 번 정도 타면 충분할 것 같아?"

"음……. 열 번?"

"좋아 그럼 열 번만 타고 나와줘."

기민이는 정확히 열 번을 타더니 다음 친구에게 자리를 양보했습니다. 보통 일반적인 엄마의 경우 아이에게 충분히 탔으니 양보하라고 말합니다. 아이에게 양보와 배려를 강요합니다. 하지만 기민이의 엄마는 아이의 의사를 먼저 물어보았습니다. 아이가 그네를 얼마만큼 더 탈것인지 정하게 하고, 스스로 양보하게끔 유도하였어요. 결국, 기민이는 자기가 원하는 만큼 그네를 탔고, 스스로 내려왔습니다. 엄마의 강요에 의해서가 아니라 스스로 양보하였고, 다음에 엄마가 없을 때도 아이는 스스로 양보할 수 있는 것입니다.

며칠 뒤 같은 상황에서 기민이가 이번엔 백번 탈 거라며 욕심을 부렸습니다. 이때 기민이의 엄마는 다른 상황으로 유도하여 줄을 선 아이에게 양보해주었습니다.

"백번을 탄다고? 그럼 시소랑 킥보드 탈 시간이 없겠는데? 그네 타는 시간을 줄이면 킥보드 탈 시간이 생겨. 어때?"

아이의 의사를 먼저 물어보는 것. 기민이의 엄마는 올바른 소통 활동을 보여주었습니다. 가끔 아이가 욕심을 부릴 때면 혼내지 않고, 다른 상황으로 잘 유도하여 대응하였어요. 기민이의 엄마는 그저 뛰어난 소통력으로 아이를 대하고 있었습니다. 그 영향으로 기민이도, 서연이도 다른 친구들과 원활한 소통을 하는 아이가 되었습니다.

부모와 올바르고 활발한 소통을 한 아이들은 두 가지 큰 특징이 있습니다. 첫째, 감정적으로 안정된 아이가 됩니다. 남자아이들은 여자아이들보다 비교적 차분하지 못합니다. 하지만 부모님과의 안정적인 소통 활동으로 남자아이들도 기민이처럼 차분하게 성장할 수 있습니다. 이렇게 안정적인 아이들은 조절력에서도 뛰어난 모습을 보여줍니다. 자기 조절력, 감정에 대한 조절력은 남아들이 비교적 부족하지만, 이 또한 성장시킬 수 있습니다. 두 번째, 늘 다른 친구들을 이끄는 리더가 됩니다. 리더가 된다는 사실은 모든 사람이 좋아하고 믿고 따른다는 의미입니다. 힘이 있는 리더들은 다른 사람들의 이야기를 잘 들어줍니다. 아이들도 자신의 이야기를 잘 들어주는 사람을 믿고 따릅니다. 소통력이 뛰어난 아이는 친구들의 이야기를 잘 들어주기 때문에 무리에서 항상 지도자 격 역할을 하게 됩니다.

사실, 기민이와 서연이의 선생님은 제 아내입니다. 아내는 늘 수

많은 아이와 학부모님들의 특징을 배워왔습니다. 저도 마찬가지고요. 저와 제 아내가 공통으로 느낀 점은 훌륭한 소통력을 가진 아이들이 모든 면에서 뛰어난 모습을 보여주었다는 것입니다. 저희도 아이에게 현명하게 대처하지 못할 때가 많습니다. 하지만, 소통의 중요성을 알고 있고, 아이의 의사를 들어주는 것이 중요하다는 것을 알고 있습니다. 소통이 우리 아이를 성장시키는 힘입니다. 가정에서 소통 교육에 힘써보시기를 바랍니다.

5

아빠, 소통에 있어서 중요한 존재

저는 경상남도 진주 출신입니다. 학교는 부산에서 다녔고요. 다행히 직장을 서울에서 다녀 사투리를 많이 고쳤습니다. 서울말을 잘해서, 경상도 사람인지 서울 사람인지 아무도 몰라예. 저희 아버지는 경상남도 진주 토박입니다. 일반적으로 '경상도 아버지'는 전통적인 사회의 무뚝뚝하고 가부장적인 아빠의 대명사로 쓰이곤 합니다.

아무 말 없이 "밥 묵자."면서 개그 프로그램에서도 많이 풍자되지요. 가부장적인 아버지들은 아이를 돌보는 일보다는 바깥일에 비중을 둡니다. 양육 참여도는 시간이 지날수록 줄어들지요. 처음 아기가 태어났을 때 참여도가 가장 높고, 점점 줄어들기 시작합니다. 어린아이와의 대화는 어렵습니다. 말을 잘 못 하는 아이와 교감하는 기술이 부족하기 때문입니다. 무뚝뚝한 아빠들은 아이들에게 무서운 존재지요. 아이들은 점점 커서 말도 잘하고, 자기 의사에 논리도 생길 정도로 성장합니다. 그럼 아빠들은 이때다 싶어서 아이들과 이야기를 나누려 합니다. 하지만 때는 늦었습니다. 시간이 지나 사춘기에 접어든 아이들은 아버지를 아저씨로 느낍니다. 유아기에 느슨해진 소통의 끈은, 시간이 지나 결국 끊어집니다. 아이들과 잘 지내려고 노력해도 "골든 타임"을 놓친 소통은 되돌아오지 않습니다.

정말 다행스럽게도 저희 아버지는 그렇지는 않으셨어요. 딸 둘과 아들 하나를 키우시면서 가정적인 아버지로서 많은 역할을 해주셨습니다. 저희 남매들을 데리고 여기저기 나들이를 다니면서 동요를 불러주셨던 기억이 있습니다. 목욕은 항상 아버지가 도와주셨고, 운동을 좋아하는 저를 위해 매일 같이 운동해주셨습니다. 이제는 저도 커서 4살 아이를 키우는 아빠가 되었습니다. 그런데 정말 신기하게도, 저희 아이가 할아버지를 그렇게 잘 따릅니다. 저희 아버지께서 아이와 재밌게 놀아주시거든요. 배우시진 않으셨지만, 본능적으로 아이를 다룰 줄 아는 능력이 있으신 분입니다. 제가 이렇게 유아 소통 교육에 눈을 뜨게 된 건 가정적인 아버지의 영향이라고 생각합니다.

육아에 있어서 "아빠의 중요성"에 대해서는 이미 많이 알려져 있습니다. 그래서 이 책에서는 중요성에 관한 이야기가 아닌 방법에 관해 이야기를 하려 합니다. 아빠의 양육 참여도를 높여서, 아이와 소통을 잘하는 아버지가 되는 방법 두 가지를 소개합니다.

첫째, 가정적인 아빠가 되려면 가정적인 남편이 되어야 합니다. 가정적인 남편이 되면, 아이에게도 가정적인 아빠로서 원활한 소통이 이어집니다. 처음 아내 배 속에 아기가 생겼을 때, 실감이 나지 않았어요. 배 속에서 크고 있다는 건 알지만, 눈에 보이지 않으니 말입니다. 병원에서 초음파 사진으로 보면 정말 콩만 하더군요. 만삭이 되어서도 뱃속 아기의 존재는 느껴지지만, 태어나서 얼굴을 마주하기 전까지는 큰 실감이 나지 않았습니다. 단순히 내가 아빠가 된다는 점, 그로 인해 생겨나는 책임감과 걱정이 생겼습니다. 그저 정신 차려야겠다는 1차원적인 생각이 들었습니다. 그런데 엄마는 아빠와 확실히 달라요. 엄마는 뱃속에서 아이를 키우고 있습니다. 10개월 동안 자기 배 속에서 더 온전히 교감하므로 아이에 대한 감정은 아빠와 비교할 수 없습니다. 아이가 배 속에 있을 때 아빠로서 역할은 100점 만점에 75점 정도 한 것 같아요. 노래를 불러주거나, 책 읽어주기, 아빠 목소리 들려주기 등등 아이와 교감을 하려고 많이 노력했죠. 그런데 사실 더욱 중요한 것은 아내와의 교감이더라고요. 이 부분에서 놓친 것들이 많아서 아쉽습니다. 육아할 때도 마찬가지입니다. 밥 먹이고, 재우고, 기저귀 갈고, 같이 놀아주기 등등 아이를 돌보는 일들이 있지만, 가장 중요한 것은 아내와의 교감입니다. 아내가 무얼 힘들어하는지 공감하고 들어주는 것만으로도 아내에게는 큰 힘이 됩니다. 아이들에게 가정적인 아빠들은 여기서부터 차이가 납니다. 아내와 교감하고 소통하면서, 그 행동이 습관이 됩니다. 아내에게 자상한 모습은 아이들에게도 이어집니다. 아내의 이야기를 듣고 하는 리액션이나, 아내의 의사를 알아채는 것들이 아이에게도 이어집니다. 소통의 기본은 관심입니다. 아내에게 무관심한 남편이 어떻게 아이들에게 좋은 아빠가 될 수 있겠어요. 아이와 소통하려면, 아내와 소통하는 것이 첫 번째입니다.

두 번째, 아이의 성장과 발달에 대해 업무 회의하듯이 대화를 나누어야 합니다. 학원업에 종사하는 것의 장점 중 하나는 바로 늦은 출근입니다. 아이들이 학교에서 끝나는 시간에 맞춰 학원 운영이 시작되기 때문에 11시에서 12시 사이에 출근합니다. 반대로 가장 큰 단점이 바로 퇴근 시간이 늦다는 것입니다. 중, 고등학생을 다루는 입시학원의 경우 자정이 넘어서야 겨우 퇴근합니다. 저는 현재 수원에 살고 있는데 학원은 시흥에 있었어요. 약 1시간 거리죠. 퇴근 후 집에 돌아오면 항상 밤 10시가 다 되어가는 시간이였어요. 시현이는 늘 9시에서 10시 사이에 잠이 들었습니다. 시현이는 가끔, 잠이 들다가도 제가 집에 들어오는 소리가 들리면 깨버리곤 했습니다. 그래서 때로는 아내와 연락하여 주차장에서 대기하다가 시현이가 완전히 잠이 들면 들어가기도 했어요. 그래도 시현이가 어떻게 성장하고 있는지, 어떤 모습으로 발달하고 있는지 꾸준히 놓치지 않을 수 있었던 것은 꾸준히 아내와 이야기를 나누었기 때문입니다. 매일 밤 오늘은 어떤 일이 있었는지, 어땠는지 이야기를 들었어요. 마치 업무 회의를 하는 것처럼 말입니다. 시현이에게 직접 큰 역할은 할 수 없지만, 같이 키우는 사람으로서의 최소한의 역할이라도 하고 싶었거든요. 꾸준한 대화 덕에 문제가 있을 때마다 놓치지 않고 원만하게 잘 해결해왔습니다.

누군가와 대화할 때, 공통관심사가 있으면 서로 통한다고 하잖아요. 아이 이야기로 대화를 많이 해야 합니다. 보통 9시 출근, 6시 퇴근이 많지요. 퇴근 후 간단한 회식이라도 하면 9시 10시는 되어야 집에 돌아옵니다. 이미 아이는 자고 있을 시간이죠. 주말에 아이와의 시간을 많이 갖는 것도 중요하지만, 그보다 중요한 것은 아이가 평소에 어떻게 지내는지 아내와 의견을 주고받는 것이 중요합니다. 아이의 발달에 관한 이야기라면 주제 거리는 무궁무진

합니다. 성향, 신체 발달, 운동 능력 발달, 언어 발달, 시력, 청력, 사회성, 주의력, 집중력, 인지 능력, 식사량, 수면, 배변, 영양 섭취 등등 수없이 많습니다. 아이에 관한 주제로 끊임없이 대화하고, 토론해야 합니다. 그럼, 우리 아이의 평소 모습을 보지 못하더라도, 아이의 성향을 파악할 수 있습니다. 꾸준한 대화를 통해 아이에 대한 정보를 얻을 수 있습니다. 정보가 많으면 많을수록 아이와 소통하는 데 큰 힘이 됩니다.

보통 아빠의 육아 참여는 그저 아이를 돌보는 것에만 중점을 둡니다. 하지만 아내와의 시간도 놓쳐서는 안 됩니다. 아이와 소통하고 대화하려면 먼저 아내와 대화하고 소통해야 합니다. 아내와 보내는 시간이 많아지면, 아이와의 소통의 질은 자연스레 높아집니다. '아빠'이기 전에 '남편'으로서 최선을 다하고, 밤마다 아이에 대해 회의를 하면 아이와의 관계는 더욱 돈독해질 것입니다.

6

무조건 유아기, 성장의 시기는 유아기다

13세 유나의 집에는 책이 가득합니다. 집안 곳곳에 책이 있습니다. 유나가 태어난 직후, 독서의 중요성을 깨달은 유나의 부모님은 TV를 없애고 매일 책 읽기를 시작하였죠. 집안 곳곳에 책을 두고, 시간이 날 때마다 책을 읽었습니다. 화장실, 욕실, 부엌, 차 안, 소파, 식탁, 침실, 집안의 모든 곳에 책을 배치해두었습니다. 현재는 아이 책과 어른 책을 합치면 약 2천 권에 가까운 책이 있어요. 책과 함께 자란 유나에게는 책이 장난감이었습니다. 지금도 항상 책을 가지고 다닙니다. 유나가 일곱 살 때 엄마에게 물었습니다. "엄마, 나는 공부한 적이 없는데 할머니가 나보고 매일 공부를 한대." 유나가 책 읽는 모습을 보고 할머니께서는 공부한다고 생각하셨습니다. 그런데 유나에게 책 읽기는 공부가 아니라 놀이에 불과했어요. 책을 읽으면서 놀고 있었을 뿐인데, 할머니가 공부한다며 말했던 것이 의아했던 거지요. 유나는 현재 가르치지 않아도 스스로 책을 읽습니다. 모르는 것이 있으면 책에서 정보를 얻지요. 그림책, 동화책으로 시작했던 유나의 책 읽기는 교과서나 교육 관련 서적으로 그 범위를 넓혀가고 있습니다. 핸드폰을 보는 시간보다 책을 읽는 시간이 더 많은 아이가 되었습니다.

유나가 그러한 습관이 생긴 이유는 유아기 시절, 책에 많이 노출되었기 때문입니다. 유아기는 신체적, 사회적, 지적, 정서적 성장이 폭발적으로 이루어지는 시기입니다. 이 시기에 어떤 환경을 많이 노출하느냐에 따라 아이의 성향이 달라집니다. 아이들은 커가면서 스스로 선택하고, 결정하게 됩니다. 유나의 경우, 책 읽기의 시작이 부모님의 선택이었다면, 9살 10살이 된 무렵부터는 본인 스스로 선택하여 책을 읽고 있습니다.

반면, 유나의 동생 유슬이는 정반대의 성향을 보입니다. 체육, 예술적 감각이 뛰어난 아이입니다. 늘 무언가를 만들고, 그림 그리고 노는 것을 좋아합니다. 줄넘기 실력도 탁월하여 또래 아이들보다 몇 레벨이나 높다고 하더군요. 가끔 집에 있는 아빠에게 떡볶이나 파스타를 만들어주기도 합니다. 집에 친척들이 오면 사과도

척척 깎아서 접시에 예쁘게 담아 대접하지요. 가끔 산에 핀 꽃을 꺾어 모아 화병에 담아두는데, 그게 그렇게 예뻐요. 전문가의 솜씨 같습니다. 그림 그리는 실력도 뛰어나고, 나무나 실을 이용한 작품을 만들기도 합니다. 하지만 책과는 거리가 있습니다. 언니인 유나와는 완전히 다릅니다. 책을 읽는 모습은 전혀 볼 수 없습니다. 책 읽기를 놀이로 생각하는 유나와는 달리, 공부로 받아들입니다. 같은 집 아이들인데 왜 이렇게 정반대의 성향을 지녔을까요. 타고난 성향이 있다고 말하기를 기대하겠지만, 아닙니다. 왜 다른 성향을 지니게 되었는지 살펴보겠습니다.

유나 부모님의 책 읽기의 목적은 '성공'이었습니다. 시간적, 경제적 자유를 얻기 위해서 책 읽기를 시작했죠. 이은대 작가님께서 말했습니다. "다양한 정보 매체가 많은 요즘, 절실한 사람들만이 책을 찾는다." 책을 찾는 사람들은 대부분 비슷합니다. 뭔가 절실하고, 성장하고 싶어서 책을 읽기 시작합니다. 유나의 부모님도 그랬고요. 동생 유슬이가 태어나고, 말을 배우기 시작할 무렵, 유나의 부모님은 이미 성공궤도에 도착했습니다. 일과 투자에 있어서 남다른 감각으로, 빠르게 '자유'를 얻기 시작했죠. 물론, 그렇다고 책 읽기를 그만둔 것이 아닙니다. 꾸준히 책을 읽고 있습니다. 다만, 아이에게 노출하는 관심사를 더 다양하게 바꾸었습니다. 두 부부는 아이들을 데리고 도서관에 가는 것에 싫증이 났습니다. 이미 유나를 키우면서 한번 했던 패턴이니까요. 부부는, 유슬이를 키우면서부터는 미술관, 음악회, 전시회 등 '예술적'인 공간으로 놀러 가기 시작했습니다. 미술작품에 관심을 두기 시작했습니다. 가끔 작품들을 하나씩 사서 벽에 걸기 시작했어요. 8살, 4살 아기를 데리고 클래식 음악회를 가기도 했습니다. 물론 아이들은 지겨워했지만요. 테라스에는 정갈하게 정원을 만들었어요. 뒷산과 테라스 정원이 어우러져 계절마다, 날씨마다 다른 풍경을 선사했습니다. 아일랜드 식탁을 비추는 조명은 나뭇가지 모양으로 디자이너에게서 샀습니다. 독서 분야도 미술 관련 책으로 바뀌었습니다. 부모님의 관심사가 예술적인 것들로 바뀌니, 아이의 성향도 예술적인 방향으로 변하였습니다. 유아기에 어떤 환경에 노출되었느냐에 따라 아이의 성향이 바뀌었습니다. 유나와 유슬이는 같은 부모에게서 자랐지만, 조금은 다른 환경에서 성장했습니다. 그 시점은 바로 유아기였습니다.

"세 살 버릇 여든까지 간다."

옛 선조들도 유아기의 발달과 성장이 인생 전반에 걸쳐 영향을 끼친다는 것을 알고 있었던 것 같습니다. 저는 대학생 시절 아동복지와 유아교육을 주제로 연극을 한 적이 있습니다. 당시 자료 조사를 위해 일본을 방문했었는데요. 분명 일본은 아동복지와 유아교육에 관해 선진국이라는 생각이 들었습니다. 일본의 유아교육은 창의력 중심, 발표 중심, 그리고 소통 중심이었습니다. 인간의 기본적 행동은 유아기에 형성된다는 점이 많이 알려지면서 선진국일수록 유아교육에 관심이 많습니다. 유아기에 어떤 교육을 받는지, 어떤 환경에 노출되는지에 따라 아이들의 인생이 바뀝니다. 그 어느 때 보다 중요한 시기입니다. 유아교육에 관심이 많은 학부모님은 유대인의 자녀 교육에 관하여 한 번쯤 들어보셨을 겁니다. 서로 질문하고 답을 찾아가는 하브루타 교육도 유아기부터 시작하지요. 유아기는 성장의 시기입니다. 가장 중요한 시기인 유아기에 아이와 올바르고 활발한 소통으로 무한한 잠재력을 발산시켜주시기 바랍니다.

선생님 아빠, 아이에게 주고 싶은 단 하나의 힘

2장

시작

아이 콘택트

아기가 태어났습니다. 태명은 새싹. 2.8kg. 배 속에 있을 때 여기저기 많이 다녔던 탓인지, 조금 작게 태어났어요. 갓 태어난 아기. 아주 작은 천사. 울고 있는 아기를 본 순간, 그저 반가웠습니다. 마치 오랜 친구를 만난 것 같은 느낌. 얼굴도 모른 채 교감해왔는데 드디어 얼굴을 보는구나. 반갑다 새싹아.

그때, 간호사님께서 안아보라고 하셨어요. 하지만 어떻게 안아야 할지 몰라 다시 건네주었습니다. 겁이 났거든요. 너무 작아서 혹시나 떨어뜨릴까 봐 무서웠습니다. 모든 것들이 처음 경험하는 일이다 보니 어쩔 줄 몰랐어요. 아직도 그 장면이 생생히 기억납니다. 잠깐의 면회를 마치고, 몇 시간 뒤 다시 만났어요. 이동 침대에 누워있는 새싹이는 어느새 눈을 뜨고 있었습니다. 초점은 흐렸지만, 눈을 뜨고 있었죠. 그런데 왜 그런 경험 있잖아요. 기적 같은 경험. 선택받은 것 같은 느낌. 불가능한 일인데 나에게는 기적처럼 일어나는 일. 갓 태어난 아기의 시야는 30㎝도 안 되는데, 그때 우연하게도 제 눈을 바라보는 게 아니겠어요. 위생상 아기를 안을 수 없었어요. 침대에 누워있는데 고개를 쓱 돌려서 저를 봤어요. 분명히 제 눈을 보았죠. 기적 같았습니다. 아빠를 알아보는 것처럼 느껴졌어요. 제 목소리에 반응하고 저를 보고 있다고 느껴졌어요. 마치 말을 하는 것처럼 느껴졌습니다. 새싹이는 눈빛으로 제게 이야기하고 있었죠. "아빠, 왜 이렇게 호들갑이야." "엄마한테 좀 잘해"

그때부터 당시의 느낌을 또 느끼고 싶어 매일같이 아이 콘택트를 시도하였습니다. 새싹이가 눈을 뜨고 있을 때면 새싹이에게 말을 걸었어요. 혹여나 또 제 눈을 볼까 싶어 시선을 쫓아다녔죠. 시간이 지날수록 아기를 안아볼 수도 있어서 더 가까이서 눈 맞춤을 시도하였습니다. 하지만 맨 처음 당시의 느낌은 없었어요. 대화하는듯한 눈빛과 표정을 볼 수는 없었습니다. 그래도, 당시에 느꼈던 경험 때문에 꾸준히 아이 콘택트를 하였습니다. 눈 맞춤 훈련을 하게 된 거죠. 새싹이가 고개를 어느 정도 돌릴 수 있을 때, 새싹이의 오른쪽에서 눈을 맞추고, 다시 왼쪽으로 이동하여 반복했습니다. 고개를 돌리게 하며 눈을 맞췄습니다. 마치 까꿍 놀이처럼 말이죠. 혹시나 우연히라도 눈을 마주치면, 밝고 활기찬 반응으로 아이가 눈을 보도록 습관화하였습니다. 이것이 새싹이와 나누었던 소통의 첫걸음입니다.

학원 운영 당시 4세 아이들부터 고학년 아이들까지 수없이 수업을 해왔습니다. 이때 아이들의 공통점을 발견합니다. 나이에 상관없이 반드시 나타나는 공통점. 바로 '눈빛의 힘'입니다. 흔히, "눈만 봐도 안다."라는 말이 있잖아요. 근거 없는 이야기가 아닙니다. 아이들을 데리고 상담을 오면, 가장 먼저 아이의 눈을 보며 말을 걸어봅니다. 대답이 없거나, 눈을 마주치지 않고 대답하면 눈을 마주치게끔 유도합니다. 아이의 눈을 보고 소통하는 30초. 30초면 아이의 발달 정도나, 성향이 50% 이상은 그려집니다.

시현이는 일산에 있는 연기학원에 다니고 있습니다. 학원의 원장님은 오랜 기간 아이들을 만나왔고, 시현이처럼 4~5세 아이들부터, 고등부 학생들까지 전 연령에 걸쳐 지도하고 계십니다. 하루는 원장님과 잠깐 이야기를 나누었는데, 이런 말씀을 하셨습니다.

"오디션은 한 사람당 30초에서 1분이면 끝나요. 아이 눈을 보면 금방 알 수 있거든요." 오랜 시간 아이들을 보아왔기 때문에 "눈만 봐도 알아요."라고 말씀하셨죠. 바로 눈빛의 힘입니다. 연기

학원 원장님뿐만 아니라, 김포의 유치원 원장님께서도, 성북구의 유치원 원장님께서도 같은 말씀을 하셨습니다. 구로의 한 원장님께서는 제게, 아이와 이야기를 나눌 때는 반드시 눈을 맞추라며 조언해주시기도 하셨습니다. 모든 원장님께서 눈을 보면 알 수 있다고 하셨습니다.

모두가 강조하는 눈빛의 힘은 이야기를 나눌 때 알 수 있습니다. 아이가 대화자의 눈을 바라보는지, 어떻게 바라보는지에 따라 달라집니다. 눈을 바라보고 이야기를 나누는 아이는 그만큼 정확한 소통을 한다는 뜻입니다. 반대로 시선이 다른 곳에 있으면, 엄마의 이야기가 들리지 않을 것입니다. 저는 예전에 캐나다에서 강아지 훈련 교육을 받은 적이 있습니다. 첫 번째 교육은 이러했습니다. 강아지에게 간식의 냄새를 맡게 하고 그 간식을 제 눈으로 가져갑니다. 그럼 강아지는 자연스레 제 눈 근처를 바라봅니다. 그러면서 아이 콘택트를 시도하라고 말씀하셨죠. 강아지 이름을 불렀을 때, 강아지가 내 눈을 바라보도록 훈련하는 것. 이것이 첫 번째이자, 가장 중요하다고 말씀하셨습니다. 아이 콘택트의 힘이 동물과의 교감에서도 중요하다니 놀라웠습니다.

아이가 말을 할 때도 눈을 보고 말하게 합니다. 명확한 지시가 필요할 때는 반드시 눈을 보고 이야기 나눕니다. 특히, 훈육이 필요한 경우에, 눈 맞춤은 필수입니다. 눈 맞춤 훈련을 지속할 때 가장 큰 장점은 한곳에 응시하는 힘을 기를 수 있다는 것입니다. 그렇다면, 시선을 한 곳에 응시하는 힘은 왜 필요할까요? 저는 이를 곧 집중력과 사고력이라고 표현합니다.

'시선이 닿는 곳에, 생각이 연결된다.'

눈빛의 힘이 생각하는 힘을 기릅니다. 그러므로 아이 콘택트를 자주 하여 습관을 길러주어야 합니다. 유아 소통 교육의 첫 번째 시작, 아이 콘택트입니다.

2

언어 발달보다 더 중요한 것

다섯 살 상현이는 전반적인 발달이 늦는 편이었어요. 특히 눈의 초점 자체가 흐리고, 약 3m 이상의 거리에서는 정확한 아이 포인팅이 불가능한 아이였습니다. 본인의 시야가 흔들리기 때문에 역동적인 활동에서 계속 넘어졌어요.

달리기할 때나, 제자리에서 점프할 때도 자주 넘어졌습니다. 원인은 아이 포인팅을 정확하게 하지 못하는 것 때문이었습니다. 간단히 실험해볼 수 있습니다. 제자리에서 한 발로 중심을 잡습니다. 그다음 5초 간격으로 고개를 좌우로 돌려주세요. 눈을 뜬 상태로 중심을 잡는 것은 어렵지 않습니다. 하지만 한쪽 눈을 감고 해보면 시간이 지날수록 어려움을 느낍니다. 상현이도 한쪽 눈을 감고 뛴 셈이었지요. 뛰는 방향 자체가 올곧지 못하고, 반환점을 돌기 어려워했으며, 다시 제자리로 돌아오지 못했습니다.

유치원 축구 수업 시간이었습니다. 아이들이 강당에 오면 신발을 갈아 신어야 해요. 하지만 축구신발은 혼자 신기 어렵습니다. 발은 두뇌에게서 가장 멀리 떨어진 신체 부위입니다. 그래서 발의 소근육이 가장 늦게 발달합니다. 게다가 축구신발이 일반 신발보다 빡빡해서 아이들이 스스로 신기 어려워하죠. 그래서 신발을 신을 때 도와주는데, 특이한 점을 발견했어요. 보통 아이들이 신발을 신을 때 뒤꿈치 부분만 잡아주면 되거든요. 발 앞부분은 스스로 신발에 넣을 수 있습니다. 그런데 상현이는 자기 신발에 발 앞부분을 넣지 못하는 거예요. 처음엔 시각적인 문제라고 생각했어요. 아이 포인팅이 어려운 아이이니 그럴 수 있다고 생각했습니다. 그런데 시각적인 문제가 많이 좋아진 이후로도 같은 모습이었습니다. 자세히 관찰한 결과, 상현이는 자기의 신체를 활용하기에 어려움을 느끼고 있었습니다. 마치 두 다리가 자기 신체가 아니라 도구인 것처럼 보였죠. 골프채나 지팡이 같은 도구 말이죠. 분명 상현이는 눈으로 신발을 보고 있지만, 발을 넣을 때 두어 번 정도 빗나가더군요. 어려워 보였습니다. 한쪽 다리는 중심을 잡아주고, 신발신을 다리를 잘 조종해야 발을 넣을 수 있습니다. 상현이는 전반적인 다리 근육을 통제하지 못하는 상황이었습니다. 신발 신기를 도와줄 때는 제가 직접 상현이의 발을 잡고 신발에 넣어주었답니다.

그때부터 상현이에게 하나씩 미션을 주기 시작했습니다. 처음엔, 손과 팔을 사용하는 법부터 훈련하기 시작했죠. 팔 뻗기, 굽히기, 모양 만들기 등등 제자리에서 손과 팔을 이용한 다양한 자세를 따라 하게끔 하였습니다. 다리도 마찬가지로 훈련하였습니다. 팔과 다리를 동시에 움직이는 법도 배웠습니다. 점점 몸 전체로 뻗어 나갔죠. 신체와 두뇌가 따로 분리되지 않고, 협응 되도록 훈련하였습니다. 자기의 신체를 활용하는 훈련을 꾸준히 했습니다. 힘의 강약 조절, 신체 속도의 빠름과 느림에 대한 부분도 훈련해야 합니다. 축구 수업이지만 발이 아닌 손으로 사용하는 연습을 하였습니다. 축구공을 손으로 활용하는 훈련은 유아 수업에서 흔히 사용됩니다. 공에 대한 감각을 키우기 위해 일반적으로 많이 사용되는 프로그램이지요. 하지만 상현이는 축구공뿐만 아니라 다른 사물을 다루는 연습도 많이 했습니다.

훈련에 대한 성과는 티가 나지 않습니다. 꾸준히, 그리고 성실히 훈련하다 보면 어느새 성장해있는 모습을 발견하곤 하죠. 상현이도 마찬가지였어요. 아이들이 워낙 많다 보니, 스스로 신발을 신은 아이가 누군지 잘 기억하지 못합니다. 상현이만 빼고요. 어느 날 보니 상현이를 도와주지 않았는데 신발을 신은 상태로 기다리고 있는 거예요. 그래서 상현이에게 물었더니 스스로 신었대요. 상상이 안 갔어요. 그래서 다음 주에 테스트해보았습니다. 도와주지 않고 몰래 지켜보았죠. 상현이가 스스로 신발을 신는 모습을 보고 얼마나 감격스럽던지! 그때가 다섯 살 후반기였어요. 꾸준히 훈련한 성과가 약 10개월 뒤에 나타났습니다. 아직도 기억납니다. 그날 저녁, 집사람과 상현이 이야기하면서 맥주 한잔했답니다.

그때 이후로 상현이의 성장은 급속도로 빨라졌습니다. 자기 신체를 활용하는 법을 배우니, 사물을 활용하는 속도도 빨라졌어요. 또한, 자기 행동에 관한 결과를 예측하기 시작하였습니다. 위험에 대한 예측도 가능해졌습니다. 신체 발달이 곧 주의력과 인지발달로 이어졌습니다. 가장 놀라운 점은, 의사 표현의 횟수와 표현의 디테일함이 이전과는 확연히 차이가 나도록 달라졌다는 것입니다. 자신의 의사 표현뿐만 아니라, 타인의 말에도 귀를 기울일 줄 알게 되었습니다. 신체의 발달이 두뇌의 발달을 돕는다는 이론을 몸소 경험하게 되었죠.

조금만 검색해보면 "신체 발달이 두뇌 발달에 큰 영향을 끼친다."라는 연구 결과를 많이 접할 수 있습니다. 그런데 막상 우리 아이의 성장에 있어서는 신체 발달보다 언어 발달이 먼저라는 인식이 강합니다. 신체 발달이 이루어져야 언어 발달도 원활히 이루어집니다. 아이들은 신체로 표현합니다. 원하는 것이 있으면 손가락으로 가리키거나, 엄마의 손을 잡고 당깁니다. 낯선 사람은 손으로 밀어내어서 자기 의사를 표현합니다. 신체가 말보다 우선합니다. 신체를 통해 말을 배우기 시작합니다. 감정 표현도 신체를 통해 시작됩니다. '간지러움', '아픔', '부드러움', '미끄러움' 등의 표현을 배우려면 간지럼을 느껴야 합니다. 아픔을 몸소 느껴야 표현을 배우게 됩니다. 신체가 우선하면 의사 표현은 따라옵니다. 말로서 소통하는 것보다 중요한 것은 신체로 소통하는 것입니다. 유아 소통 교육의 두 번째 시작, 신체 발달입니다.

가정에서 신체 발달을 훈련하는 방법

1. 신체 기관 배우기. (머리 어깨 무릎 발 무릎 발)

2. 신체 동작 배우기. (한발 서기, 엎드리기, 점프하기, 손이나 발로 여러 가지 모양 만들기)

3. 힘 조절 배우기. (밀고 당기면서 힘 조절)

4. 움직임의 흐름 배우기. (물건이 떨어지는 흐름, 공의 흐름, 바람을 탄 종이비행기의 흐름 등등)

5. 시간과 공간 배우기. (달리기, 10 초안에 반환점 돌아오기, 10 초안에 공 옮기기.)

선생님 아빠, 아이에게 주고 싶은 단 하나의 힘

3
표정과 멜로디에 있다

조카가 네 살 때쯤, 저는 20대 중반인 대학생이었습니다. 오랜만에 조카가 집으로 놀러 왔고, 며칠 동안 머물다 갔습니다. 평소 조카가 오면 잘 놀아주었어요. 그 덕분에 오랜만에 보아도 거리낌 없이 잘 지냈습니다. 조카는 늘 아침 일찍 일어나 같이 놀자며 잠을 깨우곤 했어요. 하루는, 대학교 친구들과 술자리를 가진 후 새벽 늦게 들어와 잠이 들었어요. 다음날, 조카가 어김없이 아침 일찍 깨우더라고요. 술에 취해 깊은 잠에 빠져있었는데 깨워버린 거죠. 조카는 제 어깨를 흔들었습니다. "삼촌 일어나!" 잠에서 깨는 순간, 제 얼굴은 놀람과 동시에 찌푸린 표정이 가득했습니다. 너무 깊이 잠들어 놀랐거든요. 순간 정색을 했지만, 조카인 걸 금방 알아차렸기에 "일어날게." 부드러운 톤으로 말했죠. 물론 몇 시간 더

잤습니다. 푹 자고 점심때쯤 일어났습니다. 그런데 조카가 뭔가 이상합니다. 갑자기 조카가 저를 피하기 시작하는 거예요. 처음 보는 사람인처럼 경계합니다. 살살 눈치를 보기 시작하고, 엄마 뒤에 숨더라고요. 같이 놀자며 다가가면 오히려 멀리 도망갔습니다. 그래서 아이 엄마인 저희 누나에게 물어봤습니다. 왜 저러냐고 그랬더니 저를 무서워한다는 겁니다. 알고 보니, 조카가 저를 깨울 때 제가 인상을 써서 무서웠다고, 그래서 숨어 있다고 말해주었어요. 소리를 지른 것도 아닌데, 고작 그것 때문에? 이해할 수 없었습니다. 그 짧은 순간 때문에 토라지고, 경계하고, 돌아서다니……. 그 후 몇 시간 동안 계속 저를 경계했습니다. 꾸준히 다가가고, 장난을 쳤더니, 그제야 마음이 풀렸는지 받아주더라고요. 그땐 이해 못 했지만, 제가 귀찮아하면서 무표정했던 얼굴이 무서웠나 봅니다.

아이들은 말보다 표정, 멜로디, 제스처에 반응합니다. 엄마가 하는 말의 내용보다 표정과 말의 멜로디를 듣고 반응합니다. 가령, "잘했어~" 라고 칭찬할 때, "잘.했.어"라는 단어를 인식하지 못합니다. 그저, 엄마의 표정과 말의 멜로디를 느낍니다. "못했어!!"라고 말하더라도, 살짝 밝은 톤의 멜로디에 웃는 표정과 제스처를 장난스럽게 한다면, 아이들은 웃으며 반응합니다. 아무리 좋은 칭찬도 무미건조한 표현은 전혀 들리지 않습니다. 아이들은 말의 의미

선생님 아빠, 아이에게 주고 싶은 단 하나의 힘

보다 표정과 멜로디를 통해 소통합니다. 같은 말을 하더라도 멜로디 컬한 말투가 더 잘 통합니다. 아이들과 훌륭한 소통을 하는 사람들은 이 세 가지 특징을 가지고 있습니다. 첫째, 표정이 다양하고, 둘째, 말투에 멜로디가 살짝 얹혀 있으며, 셋째, 호기심을 유발하는 제스처를 잘 사용합니다. 아이와 잘 소통하기 위해서는 표정, 말투, 제스처에 신경 써야 합니다.

표정이 아이에게 끼치는 영향을 조사한 실험 중 단연 최고는 미국 에드워드 박사의 "무표정실험"입니다. 실험에서 엄마와 아이가 마주 보고 앉습니다. 평범한 엄마와 아이 같아 보입니다. 엄마가 미소 지으면 아이도 미소 짓습니다. 엄마가 웃으면 아이도 따라 웃습니다. 엄마의 동작을 따라 하기도 합니다. 거울 신경세포. 마치 거울처럼 작용한다고 하여 이름 지어졌습니다. 아이는 이 거울 신경세포 때문에 자연스럽게 반응하는 것입니다. 그러다가, 엄마가 무표정한 얼굴로 아이를 가만히 보기만 합니다. 무표정한 얼굴로 변하자 아이는 혼란스러워합니다. 아이는 엄마의 반응을 끌어내려 노력합니다. 하지만 엄마는 무표정으로 대응합니다. 점점 아이의 표정도 심각해집니다. 어찌할 바를 모르는 아이는 결국 울음을 터뜨리기 시작합니다. 극심한 스트레스 증상을 보입니다. 무표정의 엄마에게 마치 웃어달라고 말하듯이 눈물을 흘립니다. 그러면서 실험이 끝납니다. 엄마는 말 한마디 하지 않고, 아이를 웃게도, 울게도 하였습니다. 엄마가 웃을 때는 따라 웃었는데 말입니다. 결국, 표정으로 아이와 소통하였습니다. 말을 하지 않더라도 표정으로 아이와 소통할 수 있다는 증거가 됩니다. 이 실험은 직접 보는 것을 추천해드립니다. 무표정실험이라고 검색하면 쉽게 찾을 수 있습니다.

밝은 표정과 말투는 연습을 통해 바꿀 수 있습니다. 표정이 밝아지면, 말의 억양도 밝아집니다. 무표정한 얼굴로 말하면 말투도 딱딱해지는 것을 알 수 있습니다. 반대로, 웃으면서 말하면 나도 모르게 기분 좋은 목소리로 말하게 됩니다. 밝은 표정과 멜로디 컬한 말하기는 연습을 해야 합니다. 간혹, 미소가 어색한 사람들이 있습니다. 눈과 입은 어색하기만 하고, 입꼬리는 어떻게 해야 할지 모릅니다. 억지로 계속 웃으면 입꼬리가 떨리기까지 합니다. 하지만 연습을 통해 충분히 따라 할 수 있습니다. 연습할 때는 그냥 웃지만 말고, 말을 하면서 연습해보시기를 바랍니다.

'아이들은 당신이 무슨 말을 했는지는 잊겠지만, 어떻게 느끼게 해주었는지는 절대 잊지 않을 것이다.'

-캐롤 버크너

표정과 말의 음가가 다양한 부모일수록 아이와의 소통을 원활하게 할 수 있습니다. 왜 주변에 그런 친구들 있지 않나요? 유독 아이들에게 인기가 많은 친구. 아이들이 잘 따르는 친구…. 저는 이런 사람들을 두고 본능적으로 아이를 다루는 능력이 있는 사람이라고 표현합니다. 아이들이 좋아할 만한 제스처와 표정을 타고 났지요. 이런 사람들은 아이와의 소통을 쉽게 해냅니다. 아이들을 잘 다루기 때문에 원활한 소통을 할 수 있습니다. 아이들은 다양한 표정과 밝은 톤의 말을 하는 사람에게 끌리게 됩니다. 표정과 멜로디 섞인 말들을 연습하여서 아이와 활발한 소통을 이어가기를 바랍니다. 표정과 멜로디에 소통의 비결이 있습니다.

4

질문 폭탄

"배고파?" "맛없어?" "심심해?" "지루해?" "재미없어?" "그만 할래?" "집에 갈까?" "장난감 바꾸고 싶어?" "빵 먹고 싶어?"

이 질문들만 보아도 상황이 그려지지 않나요? 저는 이를 '질문 폭탄'이라고 표현합니다. 최근, 회사를 그만두고 시현이와 보내는 시간이 길어졌습니다. 자연스레 놀이터에도 자주 나갔는데요. 놀이터에 가면 이런 상황을 많이 볼 수 있습니다. 대게, 할머니가 손주를 돌봐줄 때 이런 질문 폭탄을 많이 합니다. 할머니는 잘 돌봐주고 싶은 마음에 질문 폭탄을 던지게 됩니다. 가끔은 아이 뒤를 졸졸 따라다니는 분도 계십니다. 아이는 자기 놀이에 푹 빠져있는데 할머니는 이것저것 계속 물어보십니다. 아이는 할머니를 쳐다보지도 않고 대답합니다. 모든 질문에 "응" 혹은 "아니요"라고 대답하면 만사 해결됩니다. 패턴은 이러합니다. 아이는 놀이터에서 신나게 놀고 있습니다. 할머니는 벤치에 앉아 쉬면서 아이를 보고 있어요. 그러다 아이가 한숨을 쉬며 가까이 옵니다. 뭔가 불만이 있어 보입니다. 할머니에게 다가와 뭔가 불만이 있음을 표현합니다. 표정이 안 좋은 아이를 보며 할머니는 질문하겠지요. 질문 폭탄을 던집니다. 아이는 이것도 아니고 저것도 아니라고 퉁명스럽게 대답합니다. 그러다 자기가 원하는 질문이 나오면 그때 말합니다.

"다른 놀이터 갈까?"

"응."

아이는 할머니와 펼치는 스무고개를 통해 자신의 감정을 전달합니다. 그리고 아이는 무언가를 얻습니다. 음식이든 새로운 장난감이든 뭐든 무언가를 얻게 됩니다. 그저 뭔가 불만이 있음을 표현만 하면, 할머니께서 알아서 그 불만이 뭔지 파악해주시고, 무언가를 제공해줍니다. 올바른 소통이라고 볼 수 없습니다. 이런 방식으로 소통하면 아이는 자신의 감정이 진짜인지 가짜인지 구별하지 못합니다. 배가 고프지 않은데도 불구하고, "배고파?"라는 질문에 맛있는 간식을 줄까 싶어 '응'이라고 표현하게 됩니다. "재미없어?" 이 한마디에 다른 장난감을 줄 것 같은 기분이 들어 재미없다고 대답하게 됩니다.

이렇게 질문 폭탄을 던지지 말고 질문을 조금 바꿔보시기를 바랍니다. 감정이나 의사에 대한 직접적 질문은 줄여야 합니다. 예를 들어, '속상해?'라는 질문보다 '기분이 어때?'라는 질문이 효과적입니다. 그래야 아이가 스스로 표현합니다. 자기가 어떤 마음이 있는지 스스로 생각하고, 스스로 결정합니다.

위 예시에서, 아이가 불만 가득한 표정으로 가까이 다가오면,

1) 무심히 묻습니다. "왜 그래?" 그럼 아이는 말하지 않고 투덜대거나 짜증을 내려고 합니다.

2) 처음보다 조금 다정하게 한 번 더 묻습니다. "왜 그래? 무슨 일 있어?" 그래도 무얼 원하는지 말하지 않습니다. 자기의 감정을 먼저 물어봐 주길 기다리는 것이겠지요.

3) 한 번 더 유도해봅니다. "괜찮아. 얘기해봐." 이쯤이면 대부분 이야기합니다. 하지만 그래도 말하지 않고 불만을 표출하는 경우,

4) 질문이 아닌 통보를 합니다. "할머니가 들어줄 테니까 말하고 싶을 때 이야기해."

5) 통보한 후 재빨리 시선을 다른 곳으로 옮깁니다. 휴대전화를 보거나 먼 산을 바라봅니다. 시선을 아이한테 두지 않는 것이 중요합니다. 그럼 백이면 백, 대부분 이야기하게 됩니다.

3회에서 4회 정도만 묻고, 더는 묻지 말아 주세요. 질문할 때

아이의 감정을 표현하지 않아야 합니다. 감정표현은 아이가 하도록 유도하여야 합니다. 질문의 방식을 바꾸어야 원활한 소통이 가능해집니다. 유아 소통 교육의 네 번째 시작, '질문'입니다.

또한, 질문을 잘 활용하면 아이의 생각하는 힘을 기를 수 있습니다.

"좋아요? 싫어요? 아! 좋아요?"

"예뻐요? 안 예뻐요? 아! 예뻐요?"

대부분 엄마와 아빠는 아이에게 이렇게 묻고 답합니다. 눈에 넣어도 아프지 않을 아이, 얼마나 예쁠까요? 끝도 없이 묻고 답하게 됩니다. 그런데 같은 질문이라도 아이의 언어 발달에 효과적인 방법을 사용하는 것이 좋겠지요.

"이건 어때요?"

"뭘 가지고 싶어요?"

"저건 색깔이 어때요? 모양은 어떻게 생겼어요?"

둘 중 하나를 선택하게 만드는 질문보다는 '문장 형식'으로 대답할 수 있는 질문을 하는 것이 좋다는 의미입니다. 아이가 아직 문장을 말할 시기가 아니어도 좋습니다. 아이의 대답을 문장으로 한 번 더 가르쳐주면, 그만큼 어휘력이 늘어나기 때문입니다.

질문은 아이가 생각하게 하는 힘을 키워줍니다. 하지만 질문 폭탄처럼 표현을 대신해주면 아이의 생각은 오히려 줄어듭니다. 의사에 대한 질문 횟수를 줄이고, 질문에서 직접적인 감정표현은 줄여야 합니다. 어휘력이 부족해도 감정표현은 충분히 할 수 있습니다. 아이가 스스로 표현하도록 유도하시기 바랍니다. 또한, 감정에 관한 질문이 아니어도, 단답형 질문보다 문장형 질문이 어휘력 발달에 도움 됩니다. 생각하는 힘을 기르기 위해선 단답형보다 문장형 질문을 많이 하여야 합니다.

"질문은 단순한 말보다 더 깊은 곳까지 파헤친다. 말보다 열 배쯤 더 많은 생각을 끌어낸다." 철학자 윌리엄 제임스가 말했습니다. 이 말은 자기 자신에게 던지는 질문의 힘을 이야기합니다. 질문은 자기 자신에게뿐만 아니라 아이에게도 영향을 끼칩니다. 질문의 힘은 곧 생각하는 힘이 됩니다. 질문을 어떻게 하느냐에 따라 소통의 질이 달라집니다. 적절한 타이밍의 질문, 적절한 생각을 유도하는 질문이 아이와의 원활한 소통을 끌어냅니다. 질문의 방식을 바꾸어서 아이의 소통력을 키우시기를 바랍니다.

선생님 아빠, 아이에게 주고 싶은 단 하나의 힘

5

리액션의 힘

얼마 전, 놀이터에서 한 외국인 가족을 만났습니다. 시현이가 공을 제법 잘 차는 편이라, 외국인 부부도 시현이의 모습에 관심을 갖더라고요. 나이스 킥! 굿잡! 등의 반응을 하기 시작하니 시현이도 신이 나서 더 많은 걸 보여주려고 했죠. 외국인 부부를 보며, 역시 서양의 리액션이라며 감탄했습니다. 표현력이 풍부해서 아이에게 좋은 영향을 끼치겠다고 생각했습니다.

그때 그 부부의 아이가 가까이 다가왔습니다. 노랗고 긴 머리에 파란 눈. 7살쯤 되어 보였죠. 관심을 받고 싶은지 근처로 와서 엄마에게 같이 놀자며 손을 잡아끌었습니다. 그랬더니 부부의 표정이 싹 바뀌었습니다. 미간을 찌푸리며 짜증을 내는 표정이었어요. '아, 얘가 왜 이래?'라고 말하는 눈빛 같았죠. 제가 영어를 잘 모르지만 대충 들은 내용은 힘으로 당기지 말라고 했습니다. 그때 느꼈어요. 외국인들도 자기 아이한테는 똑같구나. 그런 경험 많지 않나요? 우리 아이에겐 무뚝뚝하고 쌀쌀맞습니다. 하지만 아이의 친구에게 조금 더 친절하게 대하게 됩니다. 다른 아이에게는 풍부한 반응이 우리 아이에게는 잘 안 됩니다. 늘 잔소리만 하게 되고, 혼내는 상황의 반복입니다.

저는 유아 체육 강사였습니다. 당시, 경상도 특유의 딱딱함과 부족한 표현력이 늘 단점이었어요. 아이들을 가장 즐겁게 해주는 사람인데 말이죠. 강사 일을 시작한 초창기, 시큰둥한 반응 때문에 다들 좋아하지 않았습니다. 제가 웃고 있어도 어색해하며 저와 거리를 두었어요. 수업이 끝나면 저의 무뚝뚝한 모습에 아이들이 겁을 먹기도 했습니다. 체육 선생님은 모든 아이가 좋아하고, 아이들에겐 슈퍼히어로처럼 선망의 대상이 되어야 합니다. 그런데 저는 그렇지 못해서 회사에서도 좋아하지 않았죠. 잘못하다가는 잘릴 수도 있을 것 같았습니다. 위기였어요. 하지만, 이대로 퇴사할 수는 없었습니다. 부산에서 서울로 올라왔는데 역량 부족으로 퇴사 당할 순 없었습니다. 그래서 공부하기 시작했고, '리액션 훈련'을 시작하였습니다.

리액션 훈련을 하고 난 뒤, 1개월 만에 판도가 바뀌었습니다. 아이들은 저를 따르기 시작했고, 아이들이 따라오니 수업하는 일도 어렵지 않았습니다. 아이들이 좋아하니, 유치원, 어린이집에서는 감사해하기 시작했고, 회사에서도 인정해주기 시작했지요. 더욱 놀라운 점은, 훈련을 거듭할수록 아이들에 대한 훈육과 통제를 어떻게 해야 하는지 파악하기 시작했습니다. 아이들을 통제해야 할 상황이 자주 나왔던 이전과 달리, 아이들을 칭찬할 상황이 더 많아졌어요. 아이들의 '문제 행동'이 급격히 줄어들었습니다. 나의 행동만 바꾼 것뿐인데, 아이들의 행동이 달라지다니! 놀라웠습니다. 혼나고, 떼쓰고, 고집부리는 상황이 줄어들다 보니, 아이들과 이야기를 나누는 시간도 길어졌습니다. 아이들이 차분해지는 변화가 있었습니다. 아이들과의 소통이 가능해지기 시작했죠. 내가 변화했더니 아이들의 문제라고 생각했던 모든 것들이 감쪽같이 사라졌습니다. 지금도 교육철학은 분명합니다. '아이들이 문제가 아니라, 내가 문제다.' '내가 변해야, 아이들이 변화한다.' 소통의 다섯 번째 시작, 리액션입니다.

저는 이 리액션에 대해 어려운 점 두 가지를 꼽아보았습니다. 첫 번째는 훈육을 위한 반응입니다. 아이의 행동에 반응하는 것은 동기부여를 줍니다. 반대로, 제한과 훈육이 필요한 경우 부정적인 피드백이 아니라, '반응하지 않는 것' 자체가 훈육이 됩니다. 늘 수동

적이고 소극적인 경빈이가 있었습니다. 축구 시간에 워낙 활동적인 아이들이 많다 보니, 경빈이는 조금 위축된 모습이었습니다. 저는 경빈이를 도와주기 위해 노력했습니다. 경빈이가 무얼 하든 반응해주고, 웃어주었습니다. 저 멀리서도 경빈이가 공을 차면, "경빈! 좋아! 잘하고 있어!"라며 소리쳤습니다. 경빈이는 조금씩 적응하기 시작했습니다. 공을 차는 것에 자신감도 붙고, 달리기도 빨라졌습니다. 목소리도 커졌지요. 훨씬 밝아지고 활기차게 바뀌었습니다. 하지만, 가끔 장난을 치거나 예의에 어긋나는 행동을 하기도 했습니다. 그럴 때면 저는 무표정으로 쳐다만 보았지요. 그저 아무런 반응 없이 대했습니다. 그랬더니 경빈이는 자신의 행동이 잘못된 행동임을 알고 멈추었습니다. 리액션을 평소에 잘해주는 습관을 지녀야 하는 이유입니다. 반응을 해주지 않는 것만으로도 메시지를 전달할 수 있습니다. 반응하지 않는 것 자체만으로도 훈육할 수 있습니다.

두 번째는 칭찬과 인정의 구분입니다. 대게, 리액션해주는 것을 칭찬해주는 것으로만 한정하는 경우가 많습니다. 물론 칭찬도 중요합니다. 다만, 칭찬과 별개로 아이를 '인정'해 줄 수 있어야 합니다. 가령, 아이가 블록으로 멋진 자동차를 만들었습니다. 이때는 칭찬이 아닌, 인정을 해줍니다. 훌륭하게 잘 만들었다며 아이의 실력을 인정합니다. 만약 아이가 친구를 도와주려다 실수로 친구를 다치게 했습니다. 이때, 실수에 대해서는 꾸짖을 수 있겠지만, 그 선한 의도를 놓쳐서는 안 됩니다. 친구를 도와주려 했던 마음은 반드시 인정해주고 넘어가야 합니다. '인정'이라는 개념은 반드시 알고 있어야 합니다. 아이에게 하는 리액션은 칭찬뿐만 아니라, 감사와 사과도 포함됩니다. '인정'은 칭찬과 헷갈려 놓치기 쉽습니다. 인정해주는 것도 리액션의 종류에 포함해야 합니다. 더 넓은 스펙트럼의 리액션을 갖게 될 것입니다.

밝은 리액션이 특히 효과를 발휘하는 시점을 하나 꼽자면, 바로 아침에 일어났을 때입니다. 아침에 일어나자마자 "잘 잤어?" "굿모닝!" 밝게 웃으면서 인사해주세요. 아침에 자고 일어난 것 자체만으로도 축하받을 일인 것처럼요. 그저 예뻐해 주시고 즐겁게 만들어주세요. 아침에 일어나자마자 받은 큰 반응 덕분에 아이도, 엄마도 기분이 좋아집니다. 아침에 일어난 상황 자체가 즐겁고 행복하거든요. 이 반응 하나로 인해 오전 내내 화목하고 행복한 시간을 가질 수 있습니다. 아이가 밝게 변하기 시작하고. 잔소리해야 할 상황이 없어지기 시작합니다. 오전 시간이 밝고 화목하면 오후에도 이어가기 수월합니다. 그럼 하루하루가 즐겁고 행복하게 변합니다.

부모의 반응이 풍부한 집은 늘 웃음이 넘쳐납니다. 자연스레, 아이도 늘 밝고 활기찬 성격을 가지게 되지요. 작은 행동 하나에 큰 반응으로 보답해주세요. 사소한 행동, 사소한 말 한마디에도 반응해주고 의미를 부여해주세요. 아이와 끊임없는 소통의 길이 이어집니다. 소통의 기본기 '리액션 해주기'입니다. 미라클 모닝? 아침에 일찍 일어나서 리액션 모닝도 도전해보시기 바랍니다.

선생님 아빠, 아이에게 주고 싶은 단 하나의 힘

3장

길

반드시 통하는 만능열쇠

"스승은 공부하기 전에 제자들과 재미있는 대화를 나눈다."

유대인 격언입니다. 쉽게 배울 수 있는 분위기를 만들기 위해, 재미있는 말로 제자의 마음을 열어주어야 한다는 내용입니다. 세계 어디서든 똑같나 봅니다. 아이들의 교육을 이끄는 힘은 재미와 흥미입니다.

즐거움이 없이는 교육하기 힘듭니다. 특히나, 유아교육에 있어서, 흥미는 만능열쇠입니다. 요꼬미네 교육의 창시자 요꼬미네 요시후미는 이렇게 말했습니다. "아이들은 재미있으니까 연습한다. 연습하게 되면 잘하게 되고, 잘하게 되면 더 좋아하게 된다. 그럼 이제 한 단계 높은 것에 도전한다." 즐거움은 아이들을 움직이게 만드는 원동력입니다. 아이들 교육에 있어서 가장 중요한 요소는 즐거움입니다.

아홉 살 수민이는 축구선수가 되는 것이 꿈입니다. 테스트받기 위해 부모님과 함께 방문했었죠. 실력은 나쁘지 않았습니다. 하지만 수업하는 내내 "아씨" "하…." 이런 한숨 섞인 말들을 많이 하는 거예요. 같이 훈련하는 아이들도 수민이의 부정적인 반응에 당황했습니다. 웃는 모습은 전혀 볼 수 없었죠. 테스트가 끝나고 부모님과 상담했습니다. 실력은 좋으나 부정적인 말들을 많이 하는 모습을 솔직하게 이야기했습니다.

저와 함께 수업한다면, 마인드 부분의 수업이 될 것 같다고 말하였어요. 수민이의 부모님도 저와 같은 생각을 하고 있었습니다. 원래 다니던 축구클럽의 분위기에 영향을 받은 것 같다고 털어놓았지요. 수민이가 축구를 좋아하는 건 알겠지만, 과한 승부욕과 잘하고 싶은 마음에 점점 화내는 모습과 짜증 내는 모습이 많이 보인다고 했습니다. 그래서 이러한 모습을 고치고, 대신 즐겼으면 좋겠다고 했지요. 그때부터 약 1년간 함께 운동하였습니다. 처음에는 부정적이었던 수민이는 점점 긍정적으로 변화하였고, 웃는 모습도 많아졌지요.

처음 합류할 때의 수민이와 비교하면 완전 다른 사람이라고 해도 무방할 정도로 밝아졌습니다. 이제는 부정적인 말들은 하지 않습니다. 기존 클럽에서 딱딱한 분위기의 '훈련' 위주 수업을 받아

온 수민이는 저와 함께할 때는 밝은 분위기에서 '게임' 위주의 수업을 받았습니다. 그렇다고 실력이 좋아지지 않았을까요? 아닙니다. 실력은 꾸준히 상승하였고, 타 클럽 아이들과 비교해보아도 전혀 뒤처지지 않았습니다. 오히려 더 뛰어난 모습을 보여주었죠. 자신감이 생겼거든요. 즐거움을 느끼기 시작한 수민이는 더더욱 연습하기 시작했고, 자연스레 실력도 상승하였습니다.

수민이의 이야기를 들은 주변 엄마들이 찾아왔습니다. 그리고, 그 아이들 대부분은 타 클럽에서 제법 훈련한 아이들이었습니다. 그리고, 다들 비슷한 시기에 포기하려는 아이들이었죠. 재미를 느끼지 못해서 축구를 그만하려는 아이들이었습니다. 우리 클럽에서는 재미 위주, 흥미 위주의 훈련을 하였고, 실력 상승에 대한 압박감은 전혀 없었습니다. 아이들은 우리 클럽에서 다시 웃음을 되찾았습니다. 물론, 타 클럽에서 꾸준히 훈련하였다면, 더더욱 성장했을 수도 있습니다. 하지만 이는 아이들이 포기하지 않았을 때 가능한 이야기입니다. 지속하기 위해서는 꾸준한 동기부여가 있어야 합니다. 그 동기부여는 어른들의 생각처럼 '성공'이 아닙니다. '실력 상승'과 '발전'이 아닙니다. 아이들은 오직 즐거워야 합니다. 즐겁고 재미있어야 지속합니다. 단순히 성장을 목표로만 지도하면, 아이들은 포기하기에 십상입니다. 무엇이든 꾸준히 지속하였을 때,

발전합니다. 흥미와 재미가 있어야 계속합니다. 아이들에게는 즐거움이 지속하는 힘입니다.

최근 들어 놀이식 수업을 하는 학원이 점차 늘어나고 있습니다. 영어학원의 파닉스 반은 반드시 게임을 통해 즐거운 시간을 갖습니다. 딱딱한 수학학원도 놀이식 수업을 개발하고 있습니다. 이미 몇 년 전부터 즐거운 교육을 강조한, 놀이 교육은 많이 알려져 있습니다. 다만, 프로그램만 놀이 교육이 아니라, 지도하는 사람이 즐거움을 주어야 더 효과적입니다. 아이가 무언가를 배우기를 원한다면, 혹은 포기하지 않고 지속하기를 원한다면, 일단 재미를 제공하길 바랍니다. 재밌으면 배울 것입니다. 재미를 못 붙이는 것은 아이의 관심사의 문제가 아닙니다. 재미는 충분히 제공할 수 있습니다.

또한, 아이들은 흥미와 재미를 주는 사람과 잘 소통합니다. 저는 유치원 체육 선생님이었습니다. 트니트니 선생님이라고 생각하시면 됩니다. 유치원에 가면 아이들이 큰 소리로 부르며 인사합니다. 복도를 지날 때면 온 아이들이 둘러싸 말을 겁니다. 아직 말이 느린 다섯 살 아이들도 체육 선생님만 보면 그렇게 질문을 합니다. 온 아이들이 먼저 소통하려 달려듭니다. 아이들에게는 체육 선생님이 가장 재밌는 사람이기 때문입니다. 그렇게 말이 없는 아이도, 체육 선생님에게는 먼저 말을 걸고 관심을 갖습니다. 체육 선생님이 하는 말은 귀담아듣고, 기억합니다. 아이들은 흥미로운 사람의 말을 잘 듣습니다.

다만, 웃긴 사람과 즐거움을 주는 사람은 다릅니다. 즐거움을 제공하는 방법은 다양합니다. 같이 놀이를 할 수도 있고, 책을 읽어 줄 수도 있습니다. 맛있는 음식을 좋아한다면, 음식을 같이 먹을 수도 있고, 같이 요리하는 것도 하나의 방법입니다. 같이 노래를 부르거나, 스트레칭을 해도 좋아할 수 있습니다. 즐거운 관계를 형성하는 것이 아이와의 소통에 있어서 무엇보다 중요합니다. 즐거움을 주는 사람이 훈육에서도 막대한 힘을 발휘합니다. 교육할 때도, 소통할 때도 즐거움이 동반되면 그 효과가 배가 됩니다. 즐거움을 주는 엄마·아빠가 되면 소통의 만능열쇠를 손에 쥐게 되는 것입니다. 아이들에게 즐거움을 주는 사람이 되시기 바랍니다. 소통의 만능열쇠 같은 길, '흥미'입니다.

2

책 없이 책 읽어주기

우리 집에는 텔레비전이 없습니다. TV보다 책 읽는 습관을 길러주기 위해 없앴습니다. 거실에 큰 책장을 놓았습니다. 그리고 책을 사들이기 시작했습니다. 동화책 대부분은 물려받았어요. 독서 습관을 중요시하는 큰누나 집으로부터 물려받은 책이 많습니다.

현재 약 1천 권에 가까운 책이 책장에 가득합니다. 베란다에도 안방에도 책장을 놓아 집안 곳곳에 책을 두었습니다. 시현이는 몸으로 움직이는 활동을 좋아하는 편이지만, 책도 즐겨 읽습니다. 물론 스스로 읽지는 못하고 읽어주고 있습니다. 그래도 가끔 혼자서 책을 봅니다. 뭐라고 하는지는 모르겠지만 혼자 중얼거리면서, 차분히 앉아 읽기도 합니다. 밤에 자기 전에는 필수코스에요. 매일 밤 나란히 누워 책을 읽었습니다. 약 4~5권 정도의 책을 읽고

난 후 잠이 듭니다. 매일 저녁 라이트 불빛 때문에 눈이 아팠습니다. 방에 불을 켜고 책을 읽으면 잠이 달아나버려요. 그래서 휴대전화 라이트를 천장에 비추고 책을 읽었거든요. 어둡게 하여 읽다 보니 눈이 피로해졌어요. 그래서 저는 책 없이 책을 읽어줍니다. 이야기로 책을 읽어줍니다. 아이와 나란히 누워서 이야기 나누듯 책을 읽어줍니다. 머릿속에 책의 내용을 기억한 다음, 마치 구연동화를 하듯이 읽어준답니다. 시현이가 새로운 책을 가져와 읽어 달라고 하면, 처음에만 같이 책을 보며 읽고, 그다음부터는 책 없이 이야기로 책을 읽어줍니다.

책 없이 책을 읽어주었더니 네 가지 큰 장점이 나타났습니다. 첫째, 아이와 대화하는 시간이 길어졌습니다. 기존의 책 읽기를 할 때는 제가 시현이에게 일방적으로 들려주었어요. 하지만, 책 없이 읽어주니 양방향으로 서로 소통하며 책을 읽고 있습니다. 마치 대화를 나누고, 서로 이야기하는 시간 같습니다. 아이가 책에 집중하는 시간보다, 엄마·아빠에게 집중하는 시간이 길어진다는 것은 놀라운 일입니다. 엄마가 책을 읽어줄 때, 사실 아이들은 책을 읽어주는 엄마에게도 관심을 기울입니다. 하지만 엄마는 책에 집중하느라 그 사실을 알지 못하지요. 책 읽어줄 때, 아이를 슬쩍 보시기 바랍니다. 아이는 가끔 책을 보지 않고 말하는 엄마를 보고 있는 경우가 많습니다. 일방적인 책 읽기는 소통의 기회를 놓칠 수 있습니다. '책 읽어주기'가 단순히 일방적인 방향으로 이루어지지 않고, 양방향 '소통형 책 읽기'로 이루어지면 훨씬 효과적인 소통 활동이 됩니다. 책 없이 책을 읽어주면 '소통형 책 읽기'를 할 수 있습니다. 아이와 소통하고 대화하는 시간을 늘려줍니다.

둘째, 언제 어디서든 책을 읽어 줄 수 있습니다. 머릿속에 이미 동화책이 가득 차 있어서 언제 어디서든 책을 읽어 줄 수 있습니다. 여행 갈 때 책을 여러 권 챙기면 짐이 많아지잖아요. 무게도 많이 나가고요. 저는 여행 갈 때 동화책을 챙기지 않습니다. 책이 없어도 시현이가 원하는 책을 읽어 줄 수 있기 때문입니다. 저는 주로 운전하면서 책을 읽어줍니다. 특히 자동차가 나오는 동화나 운전하면서 일어나는 일에 관한 이야기를 들려줍니다. 차가 막히면 어른들도 지루해하는데, 아이는 오죽할까요. 뒷자리 카시트에 가만히 앉아 있으면 지루하고 답답할 것입니다. 지루해하는 아이를 위해 장난감을 가지고 놀게 할 수 있습니다. 노래를 틀어줄 수도 있습니다. 하지만 책 읽기만 못합니다. 책을 읽어주면 운전하면서도 아이가 지루해하지 않게 이동할 수 있습니다. 책 없이 책 읽기를 연습하면 언제 어디서든 책을 읽어 줄 수 있습니다.

셋째, 새로운 이야기를 만드는 힘이 생겼습니다. 책을 보지 않고 책의 내용을 말하는 것은 생각보다 쉽지 않습니다. 짧은 이야기나, 유명한 동화는 이미 머릿속에 남아있기 때문에 쉽게 이야기할 수 있습니다. 하지만 많이 접하지 않은 책의 내용을 말하기는 어렵습니다. 하지만 꾸준히 하다 보니, 머릿속 내용을 말하는 능력이 생겼고, 이는 새로운 이야기를 만들 수 있게 힘을 주었습니다. 이야기를 만들다 보니, 다양한 이야기를 들려줄 수 있게 되었지요. 시현이가 가끔 제가 만든 이야기를 저희 집사람에게 들려줄 때면 얼마나 뿌듯한지 모릅니다. 이야기를 만들어 들려주었다는 것을 아이에게도 말해주세요. 아이도 새로운 창작에 도전하는 습관을 갖게 될 것입니다. 책 없이 책을 읽어주면 새로운 이야기를 만들어 다양한 이야기를 들려줄 수 있습니다.

넷째, 아이가 자연스럽게 아빠의 말에 집중하는 습관을 기르게 되었습니다. 엄마·아빠가 해주는 이야기가 재미있으므로 엄마·아빠가 하는 말에 집중하게 됩니다. 특히, 마치 대단한 이야기를 해줄 것 같은 표정을 지으면, 시현이는 씩 웃으면서 저의 이야기를 기다린답니다. 책 없이 책을 읽으려면 구연동화 하듯 연기력이 필요합니다. 이런 연기력 덕분에 아이는 더욱 재미있어합니다. 자연스레 엄마·아빠는 재밌고, 흥미로운 사람이 됩니다. 아이는 흥미로운 사람의 말을 듣습니다. 책 없이 책을 읽어주면, 아이가 엄마·아빠에게 더욱 관심을 갖게 되고, 엄마·아빠의 말을 귀담아듣는 습관을 만들게 됩니다.

책 없이 책 읽기, 어떻게 연습하면 될까요? 포인트는 그림 읽어주기입니다. 먼저, 책을 읽기 전에 한 번 훑어보는 시간을 갖습니다. 전반적인 내용을 기억합니다. 이제부터 연습해야 할 것은 아이에게 책을 읽어줄 때, 글자를 읽지 않고 그림만 보고 읽어줍니다. 동화책은 글이 많지 않기 때문에 충분히 가능합니다. 그림만 보고 생각나는 대로 이야기해주세요. 그림을 읽는 연습을 많이 하면 말을 할 때 그림이 그려지도록 말하게 됩니다. 듣는 사람의 머릿속에 그림이 그려지면 몰입감이 올라갑니다. 그러므로 그림을 보고 말하는 연습을 해야 합니다. 가끔 엉뚱한 방향으로 읽을 때가 있습니다. 그래도 괜찮으니 글자를 읽지 말고 그림을 읽어주세요.

책 없이 책을 읽어주는 것은 이야기를 들려주는 것과 같습니다. 아이가 할머니 곁에 누워 잠드는 것을 좋아하는 이유는 할머니의 흥미로운 이야기 때문입니다. 저희 어머니께서도 손자 손녀들에게 이야기를 곧잘 해주십니다. 특이한 점은 오히려 책을 읽어줄 때 어색해한다는 점입니다. 유심히 살펴보았더니, 저희 어머님께서 글자

곧이곧대로 읽다 보니 발음과 말투가 평소와 달라서 굉장히 어색하게 느껴진 것이죠. 반대로 머릿속 이야기를 들려줄 때는 본인의 말투와 억양대로 말하기 때문에 훨씬 몰입감이 넘치고 재미있게 들리는 것입니다. 책에 쓰인 글자를 따라 읽어야 한다는 고정관념을 깨고, 자유롭게 읽어보시기를 바랍니다. 소통의 기회를 만들어주는 길, '책 없이 책 읽기'입니다.

3

밀당 - 아이가 먼저 다가오게 하기

"다가가면 뒤돌아 뛰어가고, 쳐다보면 하늘만 바라보고, 내 맘을 모르는지 알면서 그러는지, 시간만 자꾸자꾸 흘러가네." 조덕배의 '그대 내 맘에 들어오면은'의 가사입니다. 다가가면 뒤돌아 뛰어간다는 말이 소통 문제를 겪고 있는 부모와 아이의 모습을 너무잘 표현하는 것 같아 인용해 보았습니다. 아이와 이야기를 나누고싶어 아이에게 다가갔더니, 되려 역효과가 난 적이 있지요. 왜 내가 다가가도 아이는 받아주지 않을까 고민하기도 합니다.

8살 정승민 남자아이. 제가 승민이를 만난 건 단 하루입니다. 하루도 아니고, 약 30분이죠. 그런데 그 30분이 2년이 지난 지금도생생히 기억납니다. 당시 승민이의 표정과 분위기를 또렷이 기억합니다. 앞으로도 평생 가슴속에 남아있을 것 같아요. 왜냐하면, 아픔을 보았고 문제가 보였는데, 결국 제가 도와주지 못했기 때문입니다. 2년 전, 승민이는 엄마와 함께 축구를 배우기 위해 상담을 요청하였습니다. 마침 그 시간에 아무도 없어서 구장이 비어있었죠. 간단한 상담을 마친 뒤 승민이에게 구장에 들어가자고 제안했습니다. 같이 공을 차며 놀면서 소통하려고 했지요.

쭈뼛쭈뼛 어색해하는 모습은 있었지만, 일반적으로 쉽게 볼 수 있는 모습이었습니다. 아이들은 누구나 다 처음엔 어색해하니까요. 조금씩 긴장을 풀기 시작하더니 점점 액션이 커집니다. 공을 찰 때 소리도 내고 뛰어도 봅니다. 입가에 미소가 보이기 시작했습니다. 그래서 생각했죠. '금방 적응하겠구나.' 바로 그때, 현관문을 열고 한 남성이 들어왔습니다. 누가 봐도 승민이의 아빠였죠.

아버님도 이 모습을 보면 좋아하시겠다고 생각하는 찰나, 승민이가 이상해지기 시작했습니다. 조금씩 긴장이 풀리던 승민이는 오히려 다시 긴장하기 시작했습니다. 동작과 표정이 어색해졌어요. 뭔가 이상했습니다. 동작도 작아지고, 뭔가 눈치를 보기 시작했습니다. 그때 구장 밖에 서 있던 승민이의 아빠가 소리쳤습니다. "야! 똑바로 좀 해봐!" 말투는 굉장히 무서웠고 거칠었습니다. 혼나는 분위기였죠. 제가 다 민망하더라고요. 잘하고 있었는데 말이죠. 승민이는 분명 마음을 열고 있었는데, 아빠가 들어오자 긴장과 동시에 본인의 마음을 숨겼습니다. 아빠가 소리치자 더 심해졌습니다. 직감적으로 느꼈습니다. 아버님이 가정에서 승민이를 굉장히 거칠게 다루고 있음을 알 수 있었어요. 왜냐면 승민이의 엄마도 같이 긴장하기 시작했으니까요. 당시 승민이와 어머님의 표정을 잊을 수 없습니다. 조금 과하게 예상해서, 가정에서 폭력이 있지 않나 하는 생각을 하게 될 정도였어요. 결국, 승민이의 아빠는 "야, 그렇게 할 거면 하지 마! 나와. 집에 가게." 소리치며 모두를 데리고 갔습니다. 그 이후로 승민이를 본 적은 없습니다. 잘 지내고 있을지 문득문득 생각이 납니다. 승민이는 아빠 앞에서 자기의 마음을 꼭꼭 숨겼습니다. 앞으로 원활한 소통은 어려울 것입니다. 승민이의 아빠가 변화해서 승민이에게 다가간다면, 관계가 회복될 수 있을까요? 돌아선 아이의 마음을 돌릴 수 있을까요?

아이와의 소통은 한쪽이 일방적으로 '주는' 것이 아닙니다. 쌍방향적 소통이어야 하지요. 아이에게 다가가도 모자랄 판에, 승민이의 아버지는 무서움만 주고 있으니 앞으로 변화는 어려워 보입니다. 보통의 가정에서는 승민이 가정과 다른 문제로 고민합니다. 아빠가 아이에게 과하게 일방적으로 다가간다는 것입니다. 아이에게 '다가가는 것'만큼 '다가오게' 만드는 것도 중요합니다. 그래야 쌍방향적 소통이 이루어집니다.

아이를 다가오게 만드는 해결책 첫 번째는 관찰입니다.

아이들이 무엇을 좋아하는지 관찰하기 시작하면, 점점 아이와 가까워집니다. 먼저, 아이를 관찰하면서 아이가 무엇을 좋아하는지, 어떤 행동을 자주 하는지, 어떤 소리에 관심을 두는지 관심사를 파악합니다. 두 번째 단계는 아이가 좋아하는 것을 부모님이 즐기는 모습을 보여줍니다. 그저 즐기는 모습을 보여주는 것이 두 번째 스텝입니다. 가령, 아이가 블록 쌓기를 좋아하면, 블록을 가져와 혼자 블록 쌓기를 합니다. 그리고 대충하지 않고 즐겁게, 재밌게 합니다. 가끔 큰소리도 내고요.

아빠와 함께하면 즐겁고 재밌을 거라는 암시를 주는 것입니다. 이때, 아이에게 같이 하자며 권유하지 않습니다. 무언가를 요구한 적도 없는데 권하는 행동은 절대 금지입니다. 또한, 블록 쌓기를 하는 공간에 일정한 거리를 두는 것도 중요합니다. 아이가 직접 일어나서 오거나, 기어서 올 수 있을 정도의 거리는 되어야 합니다. 아이는 분명 다가옵니다. 그럼 세 번째 단계는 흥미를 느끼게 해주는 것입니다. 그저 재밌게 놀아줍니다. 블록을 옆으로 펼치든, 일렬로 세우든 상관없습니다. 그저 재밌게 놀아주면 되고, 위험하지 않게만 놀면 됩니다. 관찰을 통하여 아이의 관심사를 파악한 뒤, 그 관심사를 즐기는 모습을 보여주기만 하면 아이는 스스로 다가옵니다. 엄마의 말과 행동에 관심을 보이기 시작할 것입니다. 아이가 먼저 다가왔을 때, 더욱 원활한 소통이 완성됩니다.

tip

선생님들이 많이 사용하는 당기기 기술입니다. 나에게 관심이 없는 수현이가 있습니다. 이때, 수현이가 아닌 바로 옆에 있는 아이를 크게 칭찬합니다. 칭찬하는 이유는 중요치 않습니다. "우와! 이렇게 예쁘게 앉아 있었어?", "와! 멋지다!" 등등 어떤 이유든 크게 칭찬합니다. 그럼 나에게 관심이 없던 수현이가 갑자기 관심을 갖고 쳐다보기 시작합니다. 옆 친구처럼 칭찬받고 싶기 때문입니다. 아이들은 관심과 애정, 칭찬, 인정을 원합니다. 이 원리를 이용하여 먼저 다가오게끔 만드는 기술입니다. 아이가 보는 앞에서 남편에게 애정 표현을 해보세요. 그럼 아이가 은근슬쩍 다가와서 중간에 들어오려고 하지요? 같은 원리입니다.

부모가 아이에게 다가갔을 때 보다 아이가 먼저 다가왔을 때 소통을 이어가기 한결 수월합니다. 아이를 유심히 관찰하는 습관을 길러야 합니다. 아이의 관심사를 알아채고, 그것을 그저 즐기는 모습을 보여주면, 스스로 다가올 것입니다. 내가 즐거워 보이면 아이는 분명 다가옵니다. 무작정 다가가려 하지 말고, 아이의 성향을 파악하기. 그저 즐기는 모습을 보여주기. 소통의 수월한 길, '밀당'입니다.

4

아이의 의사를 캐치하기

"커뮤니케이션에서 가장 중요한 것은, 말해지지 않는 것에 귀를 기울이는 것이다."

The most important thing in communications is hearing what isn't said. − 피터 드러커

    할아버지와 할머니가 딸, 그리고 3살짜리 손녀딸과 함께 백화점에 갔습니다. 손녀딸은 이제 제법 말도 잘합니다. 할머니, 할아버지에게 애교도 많이 부려, 데리고 다니기 딱 좋았지요. 유모차를 탔다가 걸어 다녔다가 하며 즐겁게 쇼핑을 시작하였지만, 길어지는 탓에 점점 지쳐가기 시작했습니다. 제일 지친 사람은 할아버지였습니다. 여자들의 쇼핑 시간. 에너지 넘치는 손녀딸까지 있으니

말이죠. 점점 지쳐가던 할아버지가 안쓰러운지, 손녀를 데리고 잠깐 쉬라고 제안합니다. 할아버지는 손녀딸을 데리고 놀기 좋은 곳으로 자리를 옮겼습니다. 그리곤 벤치에 앉아 쉬기 시작했습니다. 그 사이 딸과 할머니는 신나게 쇼핑하였어요. 시간은 점점 흘러 어느덧 30분이 지났습니다. 처음엔 그저 신나게 놀던 손녀딸도 슬슬 지루해지기 시작하나 봅니다. 배가 고프다며 투정을 부립니다. 다리도 아프다며 쉬고 싶다고 하네요. 이것도 싫고, 저것도 싫고, 다 싫다고 합니다. 온갖 짜증을 할아버지에게 퍼붓더니 결국 울음을 터뜨리기 시작했습니다. 할아버지가 달래보지만 먹히지 않습니다. 울음소리는 점점 커지고, 사람들이 쳐다보기 시작합니다. 이럴 땐 울음소리가 왜 이렇게 크게 느껴지는지…. 처음 보는 모르는 할아버지인 양 눈물을 흘립니다. 사탕도 줘보고, 안아도 봅니다. 유모차에 태워보아도 그치질 않아요. 왜 우는지, 할아버지는 아이의 마음을 알 수가 없습니다.

아이의 마음을 읽기란 쉬운 일이 아닙니다. 아이들은 언어능력이 부족합니다. 배우는 단계이고 발달 중입니다. 언어 외에 다른 요소들로 소통합니다. 표정이나 몸짓, 울음, 목소리 톤 등 다양한 요소들로 자기 의사를 표현합니다. 대표적인 것이 '울음'입니다. 배고파도 울고 졸려도 울고 아파도 웁니다. 부모조차도 우는 이유를

선생님 아빠, 아이에게 주고 싶은 단 하나의 힘

모를 때가 더 많습니다. 아이의 마음을 읽기란 도통 쉬운 일이 아닙니다. 초보 엄마 아빠들이 가장 어려워하는 아이의 마음 읽기. 저희 부부도 마찬가지였지요. 알다가도 모르는 게 여자의 마음이 아니라 아이의 마음입니다. 어떨 땐 좋다고 했다가 또 싫다고 하지요. 하루에도 몇 번씩 이랬다저랬다 합니다. 어려웠습니다. 그래서 저희 부부는 이러한 문제를 해결하기 위해, 한 가지 방법을 고안해냅니다. 그것이 바로 의사 캐치 4단계입니다.

1. 행동을 기록하고, 기억하기

2. 통계

3. 행동 예상하기

4. 의사 예상하기

의사 캐치 4단계를 활용하였더니 아이의 마음이 보이기 시작했어요. 아이의 행동을 분석하여, 아이의 목적이 무엇인지 의사를 파악할 수 있었습니다. 현재는 아이의 의사를 캐치하는 경험과 기록들이 노하우가 되었습니다. 아이의 마음을 잘 읽기 때문에 아이와 소통이 더욱 원활해졌습니다.

1) 행동을 기록하고, 기억하기

아이의 모든 행동과 표현에는 목적이 있습니다. 그 모든 것들을 기록하여야 합니다. 다만, 같은 목적이더라도 그 표현은 다를 수가 있습니다. 반대로 같은 표현이라도 그 목적이 여러 가지가 있을 수 있습니다.

행동 / 표현 / 말	목적
짜증스러운 말투로 모든 것에 화가 난 듯한 표현을 함.	졸림. 피곤함. 잠자기를 원함.
멍한 표정과 초점 없는 눈빛, 말을 걸면 잘 듣지 못하거나, 짜증을 냄.	졸림. 피곤함. 잠자기를 원함.
멍한 표정과 초점 없는 눈빛, 말을 걸면 잘 듣지 못하거나, 짜증을 냄.	동생에게 장난감을 빼앗김, 엄마·아빠는 내 편을 들어주기를 원함.

이렇게 표를 이용하여 아이의 행동 기록을 남기기 시작합니다. 그리고 매일 밤 읽어보면서 당시 상황을 되돌아보며 아이의 표정과 말투 등을 자세히 머릿속에 기억해둡니다.

2) 통계

이러한 기록들을 통계 내기 시작합니다. 통계를 통해 분석합니다.

3) 행동 예상하기

이제 반대로 예상을 합니다. 기록의 통계를 분석해보면, 언제 문제 행동이 나타나는지 알 수 있습니다. 위 표의 3번에서는, "동생에게 장난감을 빼앗겼을 때", "엄마 아빠가 내 편을 들어주지 않았을 때" → 멍한 표정과 초점 없는 눈빛, 말을 걸면 잘 듣지 못하거나, 짜증을 내는 행동이 나타납니다.

4) 의사 예상하기

행동이 예상되면, 그 행동을 하는 이유를 알 수가 있습니다. 그럼 아이의 의사 표현에 공감해 줄 수 있습니다.

1. 동생에게 장난감을 빼앗겼고, 엄마 아빠가 아이의 편을 들어주지 않았다.

2. 멍한 표정과 초점 없는 눈빛을 보이고, 말을 걸면 잘 듣지 못하며, 짜증 내는 행동을 보였다.

3. 아이는 동생에게 빼앗긴 장난감을 되찾고 싶고, 엄마 아빠가 자기편이 되어주길 원하는 것이기 때문에 이에 공감하고 토닥여준다.
   "우리 ○○이가 장난감 뺏겼는데 엄마가 안 도와줘서 서운했구나. 엄마가 도와줄게. 같이 가보자."

일반적으로 아빠들보다 엄마들이 아이의 마음을 더 잘 읽습니다. 옆에서 보면 신기해요. 아이가 울 때, 아빠가 안아주면 계속 울기만 하는데, 엄마가 안아주면 금방 눈물을 그칩니다. 신기하게도 엄마들은 아빠들보다 본능적으로 아이의 의사를 잘 이해해내고 그에 상응하는 반응을 해줍니다. 똑같이 초보 엄마 아빠인데, 왜 엄마들은 더 능수능란할까요. 경험이 더 많기 때문입니다. 아이를 보살피고, 아이와 함께 보내는 시간이 길어서 자동으로 아이를 분석하게 되었죠. 아이의 눈빛만 봐도 왜 그런지 알게 됩니다. 경험과 기록이 답입니다. 의사 캐치 4단계를 활용하면 아이의 의사를 읽을 수 있습니다. 아이의 기분이 좋지 않을 때 공감해주고, 기분이 좋을 때는 같이 기뻐해 줄 수 있습니다. 아이와의 소통을 뚫어주는 지름길이 바로 의사 캐치입니다. 의사 캐치 4단계를 적극적으로 활용해보시기를 바랍니다.

선생님 아빠, 아이에게 주고 싶은 단 하나의 힘

5
안되더라도 기다려주세요

"배고프겠어. 밥 먹자."

"쉬 마렵지? 화장실 가자."

"목마르지? 물 먹자."

"엄마가 꺼내 줄게."

"재미없지? 다른 장난감 줄게."

아이와 함께 시간을 보낼 때, 흔히 들을 수 있는 엄마들의 말입니다. 얼핏 봐선 전혀 문제가 없어 보입니다. 그런데 저 말들 앞에 이러한 가정을 넣어보겠습니다.

"아이가 배고프다고 표현하지 않았는데"

"아이가 소변이 마렵다고 말하지 않았는데"

"아이가 물을 달라고 말하지 않았는데"

"아이가 물건을 꺼내려고 손을 뻗고 있는데"

"아이가 지루해하지 않았는데"

엄마의 '미리 해주기'입니다. 아이와의 소통을 줄어들게 만드는 요인입니다. 아이가 무언가 필요해 보여서 엄마가 먼저 챙겨줍니다. 아이는 아무런 의사를 표현하지 않고도 문제가 해결됩니다. 아이는 굳이 소통할 필요가 없습니다. 엄마가 미리 해주기 때문입니다. 아이가 필요한 것을 먼저 요구하거나 표현할 때까지 기다려주어야 합니다. 가령, 식사 시간은 아니지만 배고플 때가 되었을 때, 배가 고픈지, 간식을 원하는지 물어보는 것이 '미리 해주기'입니다.

미리 해결해주지 말고, 아이가 배고픔을 느낄 수 있게 기회를 주어야 합니다. 아이가 배고픔을 느껴, 도움이 필요하면 비로소 엄마에게 표현하게 됩니다. 음식을 달라고 요구하겠지요. 사실, 엄마의 마음은 충분히 이해할 수 있습니다. 아이가 의사 표현력이 부족하니 도와주어야 한다는 의견, 가르쳐주어도 잘하지 못하기 때문에 도와주어야 한다는 의견 등이 있지요. 그렇다고 아이가 경험할 기회를 미리 박탈해서는 안 됩니다. 엄마가 미리 해주면 아이가 표현할 기회가 없습니다. 그래서 "미리 해주기"는 소통의 기회를 줄어들게 합니다. 반대로 "기다려주기"는 소통의 기회를 창출합니다. 장난감 놀이를 할 때, 새로운 장난감을 원한다는 의사를 표현할 때까지, 먼저 권하지 않고 기다려줍니다. 아이가 스스로 느끼고, 요구하게 됩니다. 이러한 요구를 하면서 소통이 시작됩니다.

하지만 모든 상황에서 기다려주어야 하는 것은 아닙니다. 때에 따라서는 무작정 기다려주지 않고, 제지하거나 먼저 조치를 취해야 합니다. 첫 번째, 아이의 행동이 다른 사람들에게 피해를 주지 않는 선은 지켜야 합니다. 아이가 스스로 컵에 물을 따르는 것을 연습한다고 했을 때, 집에서는 아이가 경험해보도록 기다려줄 수 있어요. 연습이 필요하기 때문이에요. 하지만 식당에서는 기다려줄 수 없습니다. 다른 사람들과 함께 쓰는 공간이고, 자칫 잘못하다가는 위험할 수도 있기 때문입니다. 이럴 때는 아이가 그 행동을 멈춰야 하는 이유를 설명해줍니다.

그다음, 멈추도록 권유한 후 스스로 멈추도록 기다려주면 됩니다. 두 번째, 대소변이나 식사, 수분 섭취와 같은 생리적 현상에 관한 부분에서는 마냥 기다려주어서는 안 됩니다. 가끔 예민한 아이들은 대소변을 참는 경우가 있어요. 대소변을 장시간 참는 경우, 신체에 부담을 주고 문제가 발생할 수 있으므로 적절한 시기에 화장실을 가도록 유도해야 합니다. 그래서 아이에게 이렇게 말해주도록 합니다.

"○○아, 쉬 마려우면 꼭 엄마한테 와."

"○○아, 쉬하고 싶으면 꼭 이야기해."

아직 말을 못 하는 아이에게도 똑같이 말해주어도 됩니다. 말은 못 해도 표현은 할 수 있으니까요. 안전에 관한 부분, 다른 사람에게 피해가 갈 수 있는 부분, 생리적 현상에 대해서는 마냥 기다려주지 않고 적절히 도와주시기를 바랍니다.

'기다려주기'는 참는 것과 다릅니다. 아이가 본인이 의도한 바를 해보도록 기다려주는 것입니다. 무언가 필요한 상황뿐만 아니라, 무언가를 도전할 때나 말할 때, 지켜볼 때, 행동할 때, 행동하지 않을 때, 다양한 상황에서 기다려줍니다. 무언가를 도전할 때 아이가 실패할 것이 보이더라도 기다려줍니다. 미리 성공하도록 수정하지 말고, 실패하도록 기다려주세요. 실패한 후 어떻게 성공할 것인지에 대해 가르쳐주면 됩니다. 이러한 면에서 "기다려주기"는 소통의 기회뿐만 아니라 교육의 기회도 창출합니다. 아이가 목이 말라 손가락으로 물을 가리킵니다. 이때, 물을 주면서, "물 주세요."라는 말을 가르쳐줍니다. 아이가 말을 따라 하지 못하더라도 상관없습니다. 꾸준히 반복하다 보면 말을 하게 될 것이기 때문입니다. 만약 엄마가 기다려주지 않고 미리 물을 주었다면, "물 주세요."라는 말을 가르칠 기회는 없어지겠지요.

　낯선 장소에 적응하는 데 시간이 필요한 아이가 있습니다. 아이에게 용기가 없다며 손을 잡고 데려가는 것이 아니라, 아이가 충분히 관찰하도록 기다려주어야 합니다. 인사를 하지 않는 아이의 머리를 강제로 숙여서 인사하게끔 하는 것이 아니라, 아이가 스스로 인사할 때까지 기다려주어야 합니다. 아이가 조금이라도 '시도'하면 큰 칭찬으로 자신감을 주면 됩니다. 엄마의 미리 해주기가 과한 경우, 아이의 학습할 기회를 빼앗게 됩니다. 아이가 요구할 때까지 기다려주세요. 아이에게 약간의 '부족함'을 주어야 합니다. 부족함을 느끼면, 표현합니다. 소통의 기회를 창출합니다. 교육의 기회도 만듭니다. 미리 해주지 말고, 도전하도록, 경험하도록, 표현하도록, 기다려주세요. 가수 장범준의 노래처럼, "정말로 사랑한다면 기다려주세요."

6

안되면, 도와주세요

'기다려주기'와 반대되는 개념으로 '도와주기'가 있습니다. 아이가 무언가를 도전하고 있을 때, 옆에서 살짝 도와주어서 성공하도록 유도하는 것. 이를 '촉구'라고 합니다.

축구교실을 운영하고 있을 때였습니다. 그 전에 유아 체육 강사로 일했던 영향으로 축구교실의 콘셉트도 유아기 아이들을 대상으로 한 '유아 전문 축구교실'이었어요. 즐겁고 활기차고 항상 긍정적인 말들만 오가는 곳이었습니다. 이러한 콘셉트와 교육철학은 어떠한 아이도 포기하지 않는다는 규칙을 만들어 냈습니다. 저만의 규칙이었고, 후배 선생님들에게도 꾸준히 교육하였습니다. 그런데 문제는, 아이마다 발달 정도도 다르고, 성장 속도와 배우는 속도가 모두 다르다는 것이었습니다. 평균적인 범위에 있으면 상관없지만, 차이가 크게 나는 경우 난처해집니다. 잘하는 아이를 기준으로 삼을 수도, 부족한 아이만을 기준으로 삼을 수도 없으니 말입니다. 간혹, 주의력, 집중력이 부족해 향상 수업이 필요한 아이들은 따로 수업하였습니다.

하지만 치료가 필요할 정도는 아니지만, 상대적으로 조금 느린 아이들이 있거든요. 저는 단 한 명도 포기하지 않는다는 마음으로, 방법을 찾아내기 시작했습니다. 아이들을 성장시키겠다는 생각 하나로 끊임없이 연구했습니다. 수많은 방법을 활용해본 결과, 가장 훌륭한 방법은 '도와주기'였습니다. 선생님이 옆에 붙어서 도와줍니다. 안되면 될 때까지 도와주어요. 달리기가 느리면 손잡고 달립니다. 공을 차지 못하면 같이 차줍니다. 중심을 잡지 못하고 넘어지는 아이는 옆에 붙어서 기댈 수 있게 서 있어 줍니다. 집중력이 부족한 아이들도, 선생님이 바로 옆에 있으니 집중하는 습관이 생기기 시작했습니다. 주의력이 부족해 산만한 아이들도, 선생님이 쉴 틈 없이 지도하여서, 한 가지에 마음을 집중하게끔 도와주었습니다.

"걱정하지 마! 선생님이 도와줄 거야."

"괜찮아. 포기하지 마."

"할 수 있어. 해보자. 도와줄게."

끊임없이 곁에 서서 동기부여 하였습니다. 그래서 늘 두 명의 선생님이 같이 수업하였어요. 선생님의 끝없는 '도와주기'로 인해 아이들은 포기하지 않았고, 성장했습니다.

'도와주기'는 성공의 쾌감을 맛보게 하는 것이 포인트입니다. 아이가 무언가에 대해 도전하고 있을 때, 성공하기 직전까지 살짝 도와주어서 성공을 유도합니다. 도전하다가 실패하면, 아이가 실패라는 감정에 휩싸이기 전에, "괜찮아! 다시 해보자."라며 재도전의 기회를 줍니다. 성공할 때까지 재도전의 기회를 몇 번이고 반복하여 줍니다. 계속해서 성공하지 못하면, 성공하기 직전까지 살짝 도와주어서 성공하게 만들어줍니다. 그림책에 그려진 선을 따라 그림을 그릴 때, 아이의 손에 조금씩 힘을 가하여 성공하도록 유도하는 것. 계속 무너지는 블록들을 조금씩 균형을 잡아주어 아이가 성공하게끔 도와주는 것. 컵에 물을 따를 때 물통을 잡아주어 물을 쏟지 않게 도와주는 것. 이 모든 것들이 촉구에 해당합니다. 처음에는 엄마의 도움 없이 성공하는 것이 힘들지만, 시간이 지날수록 스스로 할 수 있게 됩니다.

'도와주기'를 할 때는 두 가지 주의사항이 있습니다. 첫째, '스스로 성공했다는 심리적 효과'입니다. 아이가 하는 무언가를 도와주었지만, 도와준 것을 기억하게 해서는 안 됩니다. 양말 신는 것을

선생님 아빠, 아이에게 주고 싶은 단 하나의 힘

90% 이상 엄마가 도와주었다고 하더라도, 아이가 스스로 했다고 느끼게 해주어야 합니다. 아이들은 스스로 했다고 믿습니다. 키가 닿지 않는 곳에 물건을 넣으려고 할 때, 아이의 몸을 들어주어 넣게 할 때가 있잖아요. 그럴 때 아이들의 반응은 마치 자기가 직접 넣은 것처럼 기뻐합니다. 자기가 스스로 했다고 믿기 때문입니다.

도와주어서 성공하게 한 뒤, "우와! 대단해!"라며 칭찬을 통해 스스로 했다고 느끼게 하면 그 효과는 배가 됩니다. 아이가 자신감을 느끼게 하고, 도전정신을 만들어 냅니다. 심지어 저는, 도와주지 않았다고 선의의 거짓말을 하기도 해요. 미니 농구 골대에 공을 던지면, 골대를 제가 직접 움직여서 골을 넣게 합니다. 그래놓고, "우와! 아빠가 안 도와줬는데 넣었네! 시현이 진짜 대단해! 네가 혼자 골 넣었어!"라고 말합니다.

성취감을 느낀 아이는 또 해보고 싶어 합니다. 간혹, 아이가 먼저 "에이, 아빠가 도와줬잖아……. 난 못해."라고 말하더라도 상관없습니다. 저는 이럴 때 "아냐, 아빠는 거의 안 도와줬어. 네가 스스로 해냈어. 최고야!"라며 슬쩍 넘어갑니다. 그럼 아이는 '최고야'라는 말이 머릿속에 남아, 또 도전하기 시작합니다. 아이가 성공했다는 성취감을 느끼게 해주는 것이 포인트입니다.

도와주기를 할 때 주의해야 할 점 두 번째, 최소한으로 도와주어야 합니다. 그리고 작은 것부터 도와줍니다. 성공의 줄에서 아슬 아슬한 줄타기를 하듯이, 아주 조금씩 도와주어야 합니다. 아이가 해낼 수 없는 부분만 도와줍니다. 도와주는 부분이 너무 많아지지 않게, 적절히 조절해주어야 합니다. 때로는 도와주는 척만 해도 같은 효과를 발휘할 때가 있어요. 저의 주특기에요. 말로만 도와주기. 두발자전거를 배우고 있는 아이에게 뒤에서 잡아주는 척 소리만 내었어요. 평소에는 몇 초도 못 버티고 흔들리던 아이가, 도와주고 있다는 믿음으로 인해 오랜 시간 자전거를 탔습니다. 말로만 도와주었을 뿐인데 말이죠. 도와주는 것이 지나치지 않게 조절해야 합니다. 이를 조절하기 위해서는 관찰이 필수입니다. 아이가 너무 어려워해서 포기하지는 않는지 잘 확인해야 합니다. 유심히 관찰해서 아주 조금씩 도와주시기를 바랍니다.

무엇이든 처음부터 잘하는 아이는 없습니다. 아이가 성공하도록 도와주고, 이를 스스로 했다는 성취감을 느끼게 해주어야 합니다. 아이는 신이 나서 어려운 것에도 거침없이 도전하는 아이가 될 것입니다. 그리고 성장하게 됩니다. 결국, 도움 없이도 스스로 해낼 수 있는 아이가 되게 하는 것이 목표입니다. 아이가 성공의 맛을 느끼게끔 살짝 도와주고 스스로 성공했다고 믿게끔 칭찬해주세요. 아이의 성장을 돕는 길, '도와주기'입니다.

선생님 아빠, 아이에게 주고 싶은 단 하나의 힘

4장

완성

내 욕심일 수도

"나는 가장 적은 욕심을 가졌으므로 신에 가장 가까운 존재다" 소크라테스의 말입니다. 욕심이 없는 사람은 없습니다. 자기 자신에 대한 욕심도 있지만, 아이에 대한 욕심도 있습니다. 외향적인 성향의 아이가 되었으면 하는 바람, 내 아이가 운동을 좋아했으면 하는 마음, 사람들과 거리낌 없이 지냈으면 하는 생각, 차분히 앉아 책 읽는 것을 좋아했으면 하는 바람, 이런 것들이 부모의 욕심이 될 수 있습니다. 타고난 아이의 성향과 성격을 억지로 바꾸려하면, 아이에게는 강요가 될 수 있습니다. 때로는 엄마의 욕심일 수도 있습니다.

저의 어릴 적 꿈은 축구선수가 되는 것이었습니다. 태어나고 자란 곳은 경상남도 진주시 문산읍 삼곡리 '덕남부락'. 부락이라는 명칭을 쓸 정도로 아주 시골이었어요.

9살에 처음 축구를 접했고 흥미를 갖기 시작해, 매일 같이 축구를 했습니다. 저에게는 놀이이자 일상이었습니다. 4학년이 되어서 학교 대표로 선출이 되었지만, 6학년 때 전학하게 되면서 축구를 그만뒀습니다. 그 후로는 취미로만 축구를 했고, 다른 아이들처럼 공부를 하였습니다. 2002년 월드컵을 기점으로 우리나라에도 축구 열풍이 불기 시작했습니다. 축구에 관한 관심과 지원이 늘어났고, 저는 괜히 아쉬움이 남았습니다. '나도 포기하지 않고 축구를 계속했다면 어땠을까?' 하는 생각을 수도 없이 했어요.

계속 운동했더라면 프로 선수가 되지 않았을까? 박지성, 안정환 선수처럼 최고의 선수대열에 올라 위대한 선수가 되지 않았을까 하며 상상했죠. 축구를 포기한 것에 대해 아쉬움과 후회로 지난날을 되돌아보곤 했습니다. 저는 제 성격과 어울리지 않는 법학과에 진학했고, 맞지 않는 옷을 입은 듯 대학 생활 내내 진로에 대해 고민하였습니다. 결국, 가슴 속에 남아있던 축구의 길로 가기 시작했습니다. 지금 선수를 하긴 늦었으니, 축구지도자의 길을 선택하였습니다. 그런데 지도자 일을 하게 되면서 생각이 바뀌게 됩니다.

'내가 아무리 축구를 포기하지 않았더라도, 선수로서 성공하지는 못했을 것이다.'

내가 아무리 노력했더라도 운동 능력과 감각, 신체 밸런스 등을 타고난 사람들을 이길 수 없다고 생각하게 되었습니다. 지도자로서, 그리고 한때 축구선수를 꿈꿨던 사람으로서 수많은 선수를 보아왔습니다. 타고난 능력은 없지만, 최선을 다해 노력하는 사람이 있고, 같은 노력에 타고난 DNA를 보유한 사람이 있다면, 프로 무대에 도달할 확률이 높은 사람은 타고난 사람입니다. 적어도 체육계에선 신체적으로 운동 능력을 타고난 사람들이 월등히 앞섭니다. 실제로, 유럽 명문클럽에서는 어린 선수들을 뽑을 때 가장 중요시하는 것이 타고난 능력입니다. 센스, 신체 능력, 감각 등은 배울 수 없기 때문입니다.

저는, 선수로서의 '타고남'은 부족했습니다. 없었다고 봐야죠. 하지만 저에게도 타고난 능력이 있겠지요. 저는 지도자로서 타고난 감각과 능력이 있다는 걸 알게 되었어요. 특히 어린아이들과 소통하거나, 아이들의 마음을 읽고 성장시키는 데에 특별한 감각이 있습니다. 제가 원했던 운동선수와는 다른 방향이지요. 좋아하는 것과 잘하는 것은 다르다는 점을 인정했습니다. 그리고 선수로서 재능이 없다는 것을 받아들였습니다. 선수 욕심을 버리고 아이들을 지도하는 일에 만족하면서 일했습니다.

　아이들도 타고난 성향과 성격이 있습니다. 호기심이 많아 이것도 저것도 다 해봐야 하는 아이가 있습니다. 얼핏 보기에는 주의력과 집중력이 부족해 보입니다. 산만한 것처럼 보이지요. 집중력을 키워주기 위해 아이가 독서를 하도록 지도할 수 있습니다. 시간을 정해놓고 독서를 합니다. 하지만, 아이가 힘들어하는데도 독서 시간을 늘리는 것은, 아이의 타고난 호기심을 억제하는 것밖에 되지 않습니다. 억지로 독서 시간을 늘린다고 하여 주의력이나 집중력이 좋아지지 않습니다. 그건 그저 엄마·아빠의 욕심일 뿐입니다. 공원에서 가만히 앉아 구경하고, 소리를 듣는 것을 더 좋아하는 아이에게 운동하라며 계속 뛰게 만드는 것은 그저 강요에 지나지 않습니다.

　아이의 성향과 성격을 부모가 원하는 대로 바꾸려고 시도할 수 있습니다. 하지만 이는 잘됐을 때는 노력으로 이룬 열매가 되겠으나, 자칫 잘못하면 '억압'하고 '강요'하게 될 수 있습니다. 아이의 성향을 잘 파악하여 적절한 대응을 하는 것이 중요합니다. 아이가 무엇을 좋아하는지, 싫어하는지, 잘하는 것과 못하는 것은 무엇인지, 운동 능력이 있는지, 없는지, 음악적 감각이 있는지, 없는지 등을 파악하여야 합니다. 아이의 성향을 파악했다면 앞으로 할 일은

'욕심을 버리는 것'입니다. 적어도 '내 욕심은 아닐까?' 하고 자기 의심을 해보아야 합니다.

아이들은 분명 하얀 도화지처럼 무엇이든 그릴 수 있는 잠재력을 가지고 있습니다. 하지만, 아이들이 다 같은 모양의 직사각형 도화지가 아닐 수도 있다는 점을 항상 인지하고 있어야 합니다. 어떤 아이들은 세모 모양 도화지, 어떤 아이들은 네모 모양 도화지일 수도 있습니다. 아이가 부족한 점이 있을 수도 있다는 것을 인정할 줄 알아야 합니다. 내 욕심은 아닌지 돌아볼 필요가 있습니다. 욕심을 내려놓아야 합니다. 소통의 완성 첫 번째, 아이에 대한 욕심 버리기입니다.

2

말의 방향

하얀 설산에 나무들이 빼곡히 있습니다. 곰 한 마리가 툭 튀어 나올 듯한 풍경입니다. 경사는 급해서 조금만 발을 잘못 디디면 미끄러져 내려갈 것 같아요. 늑대들이 무리 지어 살 것 같은 이곳에서 스키를 타고 하강하는 사람이 있습니다. 나무들 사이로 요리조리 잘도 피합니다.

어찌나 아슬아슬하게 피하는지 보기만 해도 가슴이 콩닥콩닥합니다. 속도도 제법 빠릅니다. 방향을 바꿀 때마다 바람 소리가 휙휙 느껴질 정도입니다. 하얀 눈에 반사되는 햇빛 때문에 눈을 뜨기 힘들어도, 요리조리 잘 피합니다. 보는 사람은 불안해도 타는 사람은 즐거운가 봅니다. 재밌었는지 밝게 웃으면서 영상이 끝납니다. 유튜브에서 많이 접할 수 있는 영상입니다. 예전에는 전문 선

선생님 아빠, 아이에게 주고 싶은 단 하나의 힘

수들만 이런 곳에서 스키를 탄다고 생각했는데, 요즘은 취미생활로 설산 스키를 타는 사람도 제법 많은 것 같습니다. 이런 사람들의 영상을 볼 때면 항상 궁금했어요. 엄청난 속도로 스키를 타며 내려오는데 수많은 나무와 바위들은 어떻게 쉽게 피하는 걸까요? 특히, 하얀 눈에 덮여 잘 보이지 않는 작은 장애물들도 많은데 말이죠. 어떻게 안전한 길만 잘 찾아서 내려오는 걸까요?

아이를 키우면서 아이에게 가장 많이 하는 말이 무엇인가요? 많이 알고 계실 것 같습니다.

"안돼, 하지 마.", "위험해, 그만해.", "이건 안 돼.", "저건 안 돼.", "이래서 안 돼.", "저래서 안 돼."

부모가 아이에게 가장 많이 하는 말 부동의 1위, 부정어입니다. 어쩔 수 없습니다. 그럴 상황이 너무 많으니까요. 저도 그래요. 시현이는 항상 에너지가 넘쳐요. 늘 위험한 행동을 많이 해서, 위험하다, 그만해라, 멈추라는 말을 많이 합니다. 오은영 박사님도 본인의 자녀에게는 어쩔 수 없을 거예요. 아이에게 부정어를 많이 사용하는 것을 문제 삼는다면, 전혀 현실을 반영하지 못하는 것입니다. 천하 태평한 공자님 말씀에 불과하죠. 그래도, 부정어보다는 긍정어를 사용하여야 한다는 점을 알고는 있어야 합니다.

앞서 설산에서 스키를 타는 사람들이 장애물을 잘 피하는 이유는, 장애물을 보지 않고, 자신의 길을 바라보기 때문입니다. 나무나 바위 등의 장애물은 생각하지 않아요. 자신의 길, 안전한 길에만 집중합니다. '나무를 피해야 해!'라는 생각을 가지면 머릿속에 나무가 강조되어서 나무만 보이게 됩니다. '바위를 피해야 해, 울퉁불퉁한 길을 피해야 해.'라고 생각할수록 바위와 울퉁불퉁한 길만 마주치게 되는 것입니다.

이 사람들은 장애물 대신 안정적인 길만 생각합니다. 오직 내가 가야 할 길만 생각하고, 그 길을 찾는 것에만 집중합니다. 안전한 길과 편안한 길만 시야에 들어오는 것이죠. 앞사람이 간 길을 따라가야 한다는 생각, 안전한 길을 찾는 것만 생각하기 때문에 어떠한 장애물도 부딪히지 않습니다.

안전한 길을 찾아야 해

나무를 피해야 해

아이에게도 부정어보다 긍정어를 사용해야 하는 이유는 같습니다.

"침대에서 과자를 왜 먹어!", "침대에서 먹지 마!!" 이런 부정어를 사용하면, 침대가 더 강조됩니다. 계속 머릿속에 침대가 생각나지요. 침대에서 간식을 먹는 장면이 머릿속에 맴돌고 떠오르는 것입니다.

"식탁에서 먹어야겠지?", "먹는 장소는 어디인가요?"라는 긍정어가 훨씬 효과적인 방안입니다. 무엇을 해야 하는지, 어떻게 해야 하는지 알려주면 아이는 '학습'을 하게 됩니다. 그저 하지 말라는 말만 반복하게 되면 학습효과는 없습니다.

긍정어를 사용하면 일관된 교육을 할 수 있다는 장점도 있습니다. 식당에서도, 친구 집에서도 음식은 식탁에서 먹어야 한다는 것을 교육하게 되지요. 부정어를 사용하면, 집에서는 침대에서 먹지 말 것을 가르치게 되고, 카페에서는 돌아다니며 먹지 말 것을 가르치게 됩니다. 매번 다른 장소마다 다른 교육을 해야 합니다. 긍정어를 사용하여 가르치면 어디서든 엄마가 일관된 주장을 펼치기 때문에 설득력이 생깁니다. 4살 아이에게도 논리적으로 설득력 있는 주장은 조금 더 받아들이기 쉽습니다. 하지만 무논리에 무조건적인 "하지 마." 개념의 교육은 받아들이기 힘들지요. 부정어보다 긍정어를 사용하여야 합니다.

소통의 고수는 나 자신부터 다스린다고 하였습니다. 엄마·아빠부터 긍정의 말을 하는 습관을 길러야 합니다. 아이들은 부모의 모습을 보고 따라 합니다. 늘 하지 말라는 말만 반복하는 엄마를 보고 자란 아이는, 늘 부정적인 개념을 먼저 생각하게 됩니다. 항상 긍정어를 사용하는 부모를 보며 자란 아이는 부정적 개념보다, 어떻게 해야 할지, 무엇을 해야 할지 긍정적인 방향으로 생각하는 습관을 갖게 됩니다. 소통의 완성 두 번째, '긍정어 사용하기'입니다. 어렵고 힘들지만, 하루에 몇 번이라도 의식적으로 좋은 말, 긍정어를 사용하는 습관을 길러보는 것이 어떨까요.

내려놓기는 평생 해야 할 숙제

아이가 몇 시에 자나요? 몇 시에 자야 하나요? 남편은 늘 퇴근 시간이 일정한가요? 일정해야 하나요? 아이가 밥은 꼭 다 먹어야 하겠지요? 밥 먹기 전에 간식은 절대 안 됩니다. 초콜릿, 사탕은 하루에 몇 개씩으로 제한해 두었을 거고요. TV, 스마트 폰은 절대 보면 안 되겠지요?

대부분 집에서 정해놓은 육아의 규칙입니다. 지키기 힘들죠. 아이가 지키기 힘듭니다. 그런데 그런 아이를 돌보는 엄마는 어떻겠어요? 더 힘듭니다.

인생 살아가면서 내 맘처럼 되지 않는 경우가 허다합니다. 육아는 그 중 최고봉입니다. 내 마음도 모르겠는데 아이 마음은 더더욱 모르겠어요. 하지 말라고 하면 더하고, 하라고 하면 안 하고, 위험해 보이는 행동은 점점 많아지고, 신경 거슬리는 상황이 넘쳐납니다. 스트레스가 이만저만이 아닙니다. 아이의 행동이 바뀌지도 않습니다. 만약, 아이의 행동을 바꿀 수 없다면, 어떻게 해야 할까요? 피할 수 없다면 즐겨라? 즐기지는 못하겠습니다. 그렇다면, 내려놓아 보세요.

　시현이가 태어난 지 1년도 안 된 어느 날, 시현이가 웃음을 터트리며 소리를 질렀습니다. 옹알이의 일종이라 너무 귀여웠지요.
　"꺅~" 하고 소리를 지르는 모습을 처음 보았습니다. 웃을 때, 기분이 좋을 때 소리를 질렀어요. 귀여웠죠. 듣기에 나쁘지 않았어요. 그러나 시간이 지날수록, 소리의 데시벨은 높아지고, 횟수도 잦아지기 시작했습니다. 층간소음이 걱정되기 시작했습니다. 가끔 앞집 이웃과 마주치면 시끄러워서 죄송하다며 사과했습니다. 아이들은 원래 그렇다며 괜찮다고 하셨지만, 신경이 쓰였습니다. 시현이가 소리를 지를 때마다 제지하기 바빴지요. 점차, 저희 부부는 하지 말라는 말을 반복하고 있었습니다. 많은 육아 서적과 육아 정보에 의하면 다양한 방법으로 이러한 상황에 대처하라고 되어있지만, 막상 현실에서는 그냥 "하지 말라"는 말만 반복될 뿐이었습니다.

시현이는 기어 다닐 때부터 공을 가지고 놀았어요. 축구를 빨리 배우게 하고 싶어 일부러 공에 대한 호기심을 계속 자극해왔고 그로 인해 공놀이를 좋아하게 되었습니다. 거의 걸음마가 시작됨과 동시에 공을 차기 시작했고, 다양한 공놀이를 일찍 터득했으며, '던지기'를 할 때 가장 희열을 느꼈습니다. 그리고 던지기를 반복하기 시작했습니다. 가장 아찔한 순간은 놀이터나 공원에서 돌을 주워 아무 곳에나 던질 때입니다. 집에서는 몇 개의 유리잔과 화분을 깨트렸지요. 15개월도 안 되었을 때 2리터 꽉 찬 물통을 들고 소파까지 올라가 바닥으로 집어 던졌습니다.

위와 같은 문제를 해결하기 위해 저희 부부는 이러한 질문으로 접근했습니다.

'과연 어떻게 해야 아이의 문제 행동들을 멈출 수 있을까요?'

하지만 지금은 다른 시각으로 접근하려고 노력하고 있습니다.

'아이가 왜 그러한 행동들을 멈추어야 할까?'

아이가 소리를 지르는 것을 멈추어야 하는 이유는 저희가 힘들기 때문이었어요. 아이가 소리를 지르면, 층간소음으로 주민신고가 들어옵니다. 그로 인해 저희가 힘들어서 소리를 지르지 않았으면 하는 것이었죠. 이웃들에게 미안한 마음, 피해를 주고 싶지 않은 마음 때문이었습니다. 또, 저희 부부는 직업상 아이들을 만나는 일을 해왔기 때문에, 집에서만큼은 조용하고 차분하게 있고 싶었어요. 그런데 시현이가 시끄럽게 소리를 지르니 참지 못하는 겁니다.

과연, 저희가 아이들의 이러한 행동들을 멈추어야 할까요? 어느 정도는 멈추어야 합니다. 우리는 사회적 동물입니다. 가족을 넘어서 이웃, 사회와 함께 살아가는 것임을 가르쳐야 하므로, 다른 사람에게 피해가 가지 않도록 멈추어야 합니다. 그리고 가르쳐주어야 합니다. 하지만 멈출 수 없습니다. 그저, 더 재밌는 것이나 흥미로운 것으로 시선을 돌리는 수밖에 없습니다. 아이들은 때가 되면 멈춥니다. 멈추는 시기는 알 수 없습니다. 때가 되면 알아서 멈춥니다. 소리 지르는 것이 신기하지 않을 때 멈춥니다. 물건을 던지는 것이 흥미롭지 않을 때, 던지지 않습니다. 다른 흥미로운 놀이에 관심이 갈 때, 부모도 눈치채지 못하게 멈춥니다. 그때까지는 그저 마음을 내려놓아 보세요. '그럴 수도 있지.'라는 생각을 해봅니다.

"그럴 수도 있지."
"밥 한 끼 안 먹으면 어때?"

"젤리가 그렇게 좋니? 그래, 또 하나 먹어라."

"뽀로로가 그렇게 보고 싶어? 그래 잠깐 봐. 볼 수도 있지 뭐….”

이렇게 마음을 내려놓으면 한결 수월합니다. 잠시 쉬어갈 수 있습니다. 내려놓는다고 해서 큰일 나지 않습니다. 육아에서 기본으로 가져야 할 마음가짐은, 아이가 천천히, 조금씩 성장해가고 있다는 믿음입니다. 하루아침에 변하는 것은 없으며, 기다려주어야 합니다. 너무 신경을 곤두세우지 말고 내려놓아 보세요. 그렇다고, 문제가 있는 행동을 가만히 지켜보라는 것이 아닙니다. 때로는 단호하게 "안돼."라고 말하기도 하고, 때로는 다른 쪽으로 시선을 돌리기도 합니다. 다양한 방법으로 그 상황을 모면하고, 금지된 행동은 꾸준히 말해주고 알려줍니다. 다만, 그러한 문제 행동이 고쳐지지 않는다고 스트레스받을 필요가 없습니다. 아이가 규칙을 지키지 않는다고 해서 늘 스트레스를 받으면, 혼자만 힘듭니다. 규칙을 지키는 것은 당연히 어렵다고 생각하고 조금 내려놓아 보세요. 내려놓으면 숨통이 트입니다. '규칙 육아' 가끔은 내려놓으시고, '그럴 수도 있지.' 육아로 바꿔보시기를 바랍니다. 소통의 완성 세 번째, 고치려 하지 말고 '내려놓기'입니다.

4

예상하고 준비하기

벤자민 프랭클린이 말했습니다. "나쁜 습관은, 고치는 것보다 예방하는 것이 더 쉽다." 미리 예방하는 것의 힘을 뜻하는 말이죠. 아이들과의 관계에서도 마찬가지입니다. 예상하고 예방하셔야 합니다. 예방이라는 말은 무언가가 일어나지 않게끔 한다는 뜻이겠지요. 바로 문제 행동입니다. 문제 행동이 일어나고 나서 고치는 것보다 문제 행동을 예방하는 것이 더 쉬워요. 먼저 예상할 수가 있기 때문입니다. 아이의 문제 행동이 일어나지 않게끔 예방할 수가 있습니다.

한 학부모님께서 상담을 요청해왔습니다. 하연이는 35개월 4살입니다. 친구들과 놀 때 힘들다고 하네요. 고집도 세지고 욕심도 많아졌다고 하였습니다. 집에서는 그렇게 순하고 착한 아이가, 친구들과 놀이할 때는 눈빛이 돌변한다고 합니다. 모든 장난감을 소유하려고 떼를 쓴다고 합니다. 자기가 사용하지 않는 장난감까지, 모든 장난감을 다 가지려고 해서 다른 친구들과 노는 시간이 힘들다고 했습니다. 형, 누나, 친구, 동생 상관없이 모두 자기 물건이라며 고집을 피웠답니다. 그런 행동들 때문에 엄마는 하연이에게 훈육하는 시간을 갖게 되고, 항상 기분이 좋지 않은 상태로 친구들과의 시간을 보낸다고…….

어떻게 해야 할지 상담을 요청하셨고, 저는 이렇게 얘기해주었습니다.

"하연이가 친구들이랑 같이 놀 때 힘들다는 말이네요. 그럼 같이 놀지 않으면 되겠어요.^^"

이 말을 듣고 하연이 어머님이 어색하게 웃었습니다. "하하, 그런가요??" 농담인 줄 알았나 봅니다. 진심인데 말이죠. 저는 이렇게 말했습니다. "하연이가 다른 시간에는 다 괜찮다면서요. 그런데 유독 친구들이나 또래 아이들과 놀 때, 욕심을 부린다면서요. 그럼 같이 놀지 마세요. 문제를 회피하는 것이 아니라 하연이를 위해서 일단 같이 놀지 마세요. 행동을 교정하든, 교육을 받든 그건 나중 문제고, 일단 하연이를 그 상황에 놓이게 하지 마세요"

1차원적이고 단순한 대답이라고 생각될 수 있습니다. 근본적인 문제가 해결이 안 되는 답변처럼 보입니다. 하지만 전혀 아닙니다. 가장 기초적이고 우선적인 접근방식입니다. ABA(응용 행동 분석) 이론이 있습니다. 대게 자폐스펙트럼 장애를 가지고 있는 아동들을 대상으로 하는 것으로 알려져 있는데요. 사실 일반 아이들에게도 충분히 효과적인 학문입니다. 행동 교정이나 성장 발달에 관심이 많으시다면 꼭 관련 서적을 읽어보시기를 바랍니다. ABA 학문은 아이의 발달과 관련하여 기초적이고 근본적인 요소들을 데이터화한 것인데요, 이에 따르면 아래 두 가지가 가장 우선되는 조치입니다.

1. 문제 행동의 진단 (언제 그 문제 행동이 발생하는가?)
2. 문제 행동의 발생 원인 제거 (문제 행동이 발생하지 않게끔 조정)

위 예시에서, 하연이가 친구들과 장난감을 공유할 때마다 문제 행동이 발생하고 있습니다. 그러한 상황을 계속 만들어서 습관이 될 여지를 주는 것보단, 그러한 상황이 나오지 않게끔 미리 조치를 취하는 것이 첫 번째 스텝입니다. 아이가 장난감을 공유하면서 친구들과 사이좋게 지내기를 원하는 마음은 이해합니다. 하지만 이는 문제 행동의 원인을 제거한 다음 단계이거나 혹은 한참 뒤의 단계이지요. 문제가 있다면 문제가 발생하는 원인을 찾고 제거하는 것이 첫 번째 임무입니다. 문제 행동의 원인만 파악한다면, 한숨 돌릴 여유가 생깁니다. 학원에서도 이 규칙을 적용하여 활용하였더니, 많은 선생님께서 원활한 수업을 하게 되었습니다. 아이가 어느 한 친구랑 붙어 있기만 하면 장난을 칩니다. 평소엔 괜찮은데 둘이 붙어 있으면 늘 소란스러워집니다. 매번 장난을 치지 말라고 이야기하는 것은 수업 진행에 방해가 될 뿐, 문제해결에 도움이 되지 않습니다. 그냥 두 명의 자리를 멀리 떨어뜨려 놓으면 쉽게 해결할 수 있습니다. 서로 멀리 떨어지면 장난칠 상대가 없으니 자연스레 선생님의 말씀을 듣게 되고, 그것이 습관이 됩니다. 일단 먼저 원인을 제거한 후, 교육하든 훈육하든 이차적인 단계에 나서야 합니다.

아이가 장난감 가게를 지날 때마다 떼쓰고 울기를 반복한다면, 미리 장난감 가게를 피해 다녀주세요. 마트에서 과자 코너만 가면 울고 떼쓰는 아이가 있어요. 마트에 가기 전부터 아이의 짜증스러운 모습이 예상됩니다. 그럼 과자 코너가 시야에 보이지 않도록 요리조리 피해서 다니면 됩니다. 굳이 과자 코너에 가서 아이를 유혹할 필요는 없습니다. 만약 과자 판매대 옆 우유 코너에 반드시 가야 한다면, 아이가 유치원에 갔을 때 혼자 마트에 가세요. 아이가 울고 떼쓸 상황 자체를 차단하는 것입니다. 원인을 제거해야 합니다. 이 간단한 첫 단계만 알면 그다음 단계가 훨씬 더 쉬워집니다.

"모든 원인은 하나 이상의 결과를 낳는다."라는 말이 있습니다. 문제 행동의 발생 원인을 제거하는 이유는, 문제 행동이 발생하면서 추가로 다른 문제도 발생하기 때문입니다. 하연이가 만약 계속 친구들과 만남을 지속한다면, 그리고 계속 장난감에 욕심을 낸다면, 언젠가는 힘을 사용하게 될 가능성이 있습니다. 분명 다른 친구를 때리는 상황까지 마주하게 될 것입니다. 하연이를 위해서라도 그 상황을 만들어주지 않는 것이 우선입니다. 예상하고 준비하는 것. 그리고 예방하는 것이 아이의 문제 행동을 줄이는 방법입니다. 아이의 문제 행동이 있다면 원인을 파악하고, 그 원인을 제거하시기 바랍니다. 소통의 완성 네 번째, 미리 '예방하기'입니다.

5

아이 성향 확정 금지

MBTI 테스트. 일종의 성격유형 테스트입니다. 여러 가지 테스트와 질문을 통하여 E 성격은 어떻고, I 성격은 어떻다. 이렇게 성격의 유형을 나눕니다. 요즘, 이력서에도 MBTI를 작성해야 하는 회사가 있다고 합니다. 소개팅 전, 친구에게 MBTI를 확인하는 것은 기본이라고 하네요.

저는 테스트를 해본 적은 있지만, 기억이 나질 않아요. 사실 관심도 없습니다. 저처럼 MBTI 테스트를 해본 적은 있지만, 관심이 없어서 결과가 기억나지 않는 사람들도 많을 것입니다. 왜 기억나지 않냐 하면, 믿지 않기 때문입니다. 사람의 성격을 16가지로 나누다니! 안 믿습니다. 그저 재미로 테스트를 해볼 뿐입니다. MBTI의 원조는 혈액형별 성격유형, 별자리별 성격유형이 아닐까요? 어릴 적엔 믿었지만, 지금은 딱히 믿지 않습니다. 성격과 성향은 바뀔 수 있기 때문입니다. 아이의 성향과 성격도 마찬가지입니다. 언제 바뀔지 모릅니다. 사람들 앞에 서서 주목받는 것을 싫어하던 아이가, 갑자기 학교에서 반장, 부회장, 회장이 될 수도 있습니다. 외향적이고 활동적이던 아이도 언제 바뀔지 모릅니다. 아이의 성향과 성격은 변합니다. 부모는 이를 잘 파악하고, 그에 맞는 대응을 해주어야 합니다. 아이의 성향과 성격을 부모가 확정 짓는 것은 위험합니다. 아이와의 소통에 방해가 되는 요소입니다. 아이도 모르는 성격을 부모가 다 안다며 확정 짓고 맹신해서는 안 됩니다. 꽉 막힌 소통은 '확정'에서 시작됩니다. 대게 소통력이 뛰어난 사람들은 변화에 유연하게 대처할 줄 압니다. 부모의 역할은 그저, 아이의 변화에 따라 응원해주는 것, 도와주는 것일 뿐입니다.

아인이는 8살 때 줄넘기학원에 다니기 시작하였습니다. 평소 여성스럽고 조용하며 차분한 성격 때문에 운동과는 거리가 멀었어요. 아인이가 말을 할 때는 제가 허리를 숙여 귀를 갖다 대야 했습니다. 처음 보는 사람 앞에선 수줍어하며 엄마 뒤로 숨었어요. 필통엔 알록달록 펜들이 가득했고, 예쁜 스티커 모으는 것을 좋아했습니다. 아인이에게 문구점은 놀이터입니다. 한 시간을 문구점에서 구경하고 나옵니다. 공주 인형을 빗질해주며 꾸미는 것을 가장 좋아하는 아이였습니다. 엄마는 항상 앉아서 노는 아인이의 모습이 안타까웠습니다. 그래서 아인이를 설득해 줄넘기학원에 등록하였어요. 일주일에 한 번이라도 운동학원에 다녔으면 하는 엄마의 마음 때문에, 아인이도 어쩔 수 없이 줄넘기학원에 가기 시작했습니다. 학원에 들어서자마자 정신없습니다.

큰 음악 소리와 낯선 남자 선생님, 소리치는 남자아이들까지, 아인이가 좋아하지 않는 것들만 가득했습니다. 그나마 다행인 점은 몇몇 여자아이들이 같은 시간에 다니고 있었다는 점과 다정하신 여자 선생님이 계셨다는 점이었습니다. 처음엔 적응하기 힘들어했지만, 아인이도 꾸준히 해보려고 노력하였습니다. 선생님의 친절한 설명과 꾸준한 칭찬 덕에 차근차근 배워가고 있었어요. 줄넘기를 처음 해보면 어렵습니다. 하지만 하나 성공하고, 두 개 성공하니 점점 재미를 느끼기 시작하였습니다.

남자 선생님에게도 경계를 풀고 운동을 즐겼습니다. 점점 표정도 밝아지고, 완전히 적응하였죠. 조금씩 어렵게 도전하고, 성공을 반복하여 꾸준히 성장했습니다. 선생님의 격려와 칭찬을 들으며 자신감을 얻었습니다. 줄넘기 실력이 날이 갈수록 좋아졌습니다. 공원에 갈 때는 늘 줄넘기를 챙겨 다녔어요. 줄넘기학원에 다니고 약 2~3개월 만에 기본 줄넘기는 물론이고, 점점 고난도 기술도 배우기 시작하였습니다. 2학년이 되어서는 줄넘기학원을 대표해 대회에도 참가했습니다. 본인도 자기가 그렇게 잘하게 될 줄은 몰랐다고 합니다. 적응 못 할 줄 알았던 줄넘기학원에 너무 잘 적응하니, 아인이의 엄마는 축구도 시켜보았습니다. 남자 선생님에 대한 거부감도 줄었고, 에너지 넘치는 남자아이들에 대한 적응도 이미 완료된 상태였기 때문에 아인이는 축구 수업에도 무리 없이 적응하였습니다. 4학년이 된 지금은 운동에 대한 거부감도 없고, 다양한 운동을 배우고 있습니다. 오히려 운동을 즐기는 아이가 되었습니다. 여전히 차분하긴 하지만, 훨씬 밝아졌습니다. 아인이 엄마는 아인이가 이렇게 운동을 좋아하게 될 줄 몰랐다고 합니다.

언제 그랬냐는 듯, 아인이의 성향이 변했습니다. 아이의 성격은 언제 변할지 모릅니다. 항상 가능성을 열어두어야 합니다. 아이의 성향을 부모가 확정하는 것은 아이와의 소통을 꽉 막는 것과 같습니다. 부모가 아이 앞에서 "우리 아이는 이러이러한 성향이야."라고 확언하는 경우 문제는 더욱 심각해질 수 있습니다. 자신의 주관이 또렷하지 못한 아이는 '아! 나는 엄마 말대로 이러이러한 성향이구나.' 하고 본인 스스로 제한해버립니다. 아이 스스로 가능성을 닫아버리게 됩니다. 만약 아인이의 엄마가 '우리 아인이는 운동 싫어해. 줄넘기학원도 안 다닐걸?' 이런 말을 꾸준히 해왔다면, 아인이는 엄마의 말에 따라 행동하게 되었을 것입니다. 아이가 듣는 앞에서, 아이의 성향이나 성격을 단정 짓는 것은 변화의 가능성을 닫아버리는 것과 같습니다. 아이 앞에서 하지 말아야 할 말, "아이 성향 확정"입니다.

아이는 무한한 변화의 가능성을 가지고 있습니다. 그렇다면 아이의 성향을 확정 짓지 않고 무엇을 해야 할까요? 그저, 변화를 위해 도움을 줍니다. 소극적인 아이의 경우, 활동적인 것에 자주 노출하는 것으로 충분합니다. 반대의 경우도 마찬가지입니다. 시현이는 손이나 몸에 무엇이 묻는 것에 예민하게 반응했습니다. 이 성향을 잘 알고 계시던 문화센터 선생님께서 미술 수업을 추천해주셨습니다. 손과 발로 물감을 묻혀 자유롭게 색깔 놀이를 하는 콘셉트였어요. 처음엔 무척 싫어했지만, 꾸준히 수업에 참석하여 미술 활동하는 모습을 보여주었습니다. 참여는 하지 않더라도 수업이 끝날 때까지 집에 가지 않았습니다. 시간이 지날수록 적응하기 시작했고, 지금은 그러한 성향은 전혀 보이지 않습니다. 흙에서도 잘 놀고, 모래 놀이나 물놀이도 잘합니다. 선생님께서 미술 수업을 추천해주셨을 때 제가 만약 시현이의 성격상 절대 안 할 거라고 단정 지었다면, 변화는 보지 못했을 것입니다. 아이가 좋아할지 안 좋아할지 모릅니다. 안 좋아하더라도 가능성을 열어두고 변화를 위해 도움을 주어야 합니다.

무엇이든 단정 지으면 그걸로 끝입니다. 부모가 자기 생각을 맹신하면 아이의 이야기를 들을 수 없습니다. 혹시 모릅니다. 아이는 변화해보고 싶다며 의사를 내비치고 있을지도. 아이의 의사를 들을 준비를 하고, 도움을 주어야 합니다. 아이의 성향을 단정 짓지 않아야 합니다. 언제나 오해하고 있을 수도 있다고 생각해야 합니다. 확정은 아이와의 소통을 막습니다. 변화를 원할 수도, 원치 않을 수도 있습니다. 변화에 대한 가능성을 열어두면 아이와의 소통의 길도 열리게 됩니다. 소통의 완성 다섯 번째, '아이의 성격 단정 짓지 않기.'

엄마, 아빠가 함께하는 감정 다스리기

아이와 함께 지내다 보면 어느 순간 화내고 짜증 내는 내 모습을 발견합니다. 별것도 아닌 일에 소리를 지르게 되지요. 아이 키우다 보면 어쩔 수 없어요. 온종일 밥 먹이고, 씻기고, 재우고, 놀아주다 보면 내 시간은 하나도 없어요. 남편은 집에 돌아오면 쉬기라도 하지요. 엄마는 쉬는 남편 뒷바라지하느라 일이 늘어나요. 할 일이 너무 많아요. 가만히 있어도 힘든데, 아이는 난리를 피웁니다. 이유 없이 짜증 내는 아이를 앞에 두고 서러워서 눈물을 흘리는 엄마들도 있답니다. 감정 컨트롤이 힘듭니다. 선생님 말씀은 잘 듣는데, 엄마 말은 듣지도 않아요. 끊임없이 몸과 마음이 지쳤다가, 또 가끔은 아이의 애교 덕분에 힘이 났다가를 반복합니다. 한 명도 힘든데 두 명, 세 명 키우는 엄마들도 있습니다. 그런데, 이러한 감정조절이 힘든 이유를 아이 탓이라고 생각합니다. 아이의 행동으로 인해서 엄마가 분노하게 된다는 거죠. 그런데 말입니다. 아이의 행동 때문이 아니라, 부모의 예민함으로 인해 아이에게 화를 내고 소리를 지른다는 것을 알게 된다면 어떨까요? 한 발짝 멀리서 객관적으로 바라볼 수 있다면 어떨까요?

저희 집사람은 청결에 예민합니다. 시현이가 더러운 것을 만졌을 때, 그 손이 그대로 입으로 향하는 모습을 보면 큰소리가 나오곤 합니다. 분위기는 싸해지고 아이는 잠시 놀란 표정을 지어요. 놀이터에서 놀다 보면 손은 지저분해지기 마련입니다. 흙을 만지면서 놀기도 하고, 벌레들을 만져보기도 하잖아요. 그네, 시소, 미끄럼틀, 모든 곳에 먼지가 많을 수밖에 없습니다. 손은 어쩔 수 없이 더러워집니다. 그렇게 신나게 놀다가 물을 마시러 벤치로 온 아이에게

"어허! 시현! 지저분한 손으로 뭐 하는 거야? 가서 손 씻고 올 거예요!"

그러곤 아이의 손을 잡고 개수대로 가 손을 씻고 왔습니다. 개수대는 바로 근처에 있었기 때문에 어려운 일은 아니었지만, 저는 당최 이해할 수 없었어요. 꼭 그렇게 손을 씻겨야 했는지, 굳이 시현이가 혼났어야 했는지 아내에게 이야기했습니다. 하지만 아내는

받아들이지 않았습니다. 혼낸 것이 아니라 알려준 것이었다고 했죠.

저는 시끄러운 소리에 예민합니다. 시현이가 소리를 지르거나 떼를 쓰거나 물건을 쾅쾅 내리친다거나 했을 때 저도 모르게 쓰읍! 하며 무서운 표정이 나온다고 하더라고요. 집사람은 저에게도 똑같이 얘기했습니다. 굳이 그렇게 무서운 표정을 지으면서 아이에게 공포감을 주어야 하냐고요. 저는 전혀 이해하지 못했죠. 무섭게 한 것이 아니라 단호한 표정을 지었을 뿐이었으니까요. 그리고 소리가 너무 시끄러우니 제재를 해야 한다고 설명했어요. 내가 뭘 그렇게 무섭게 했다고…. 저도 말로만 들었을 땐 몰랐어요.

저희 부부는 서로 비슷한 경험을 한 뒤, 해결방안을 찾기 시작했습니다. 서로서로 행동을 기록해주는 방안을 만들었습니다. 처음에는 서로 증거를 남기기 위한 수단이었어요. 서로의 말을 안 믿었거든요. 하지만 진정성 있게 화를 냈던 상황에 대해 기록하였습니다. 그리고 그 기록을 편지로 주고받았습니다. 서로 화내거나 예민했던 모습을 공책에 기록해주었습니다. 그리고 공책을 찢어 편지처럼 전달해줍니다.

DEAR 시현 엄마.

시현이가 놀이터에서 더러운 손가락을 잠시 입에 가져갔을 때

당신이 큰소리를 내었어.

나도 놀랐지만, 시현이는 더더욱 놀랐을 거야.

시현이의 청결과 건강을 위해 신경 쓴다는 건 알지만,

놀이터에서 놀다 보면 어쩔 수 없이 손도 더러워지고,

청결 상태를 유지하기 힘들다는 거 알잖아.

조금만 이해해주자.

파이팅! 사랑해.

이렇게 편지글로 서로의 모습을 적어주었습니다. 그리고 마지막 부분에는 사랑한다며 마무리하지요. 내가 어떤 부분에서 예민하고 화를 냈는지 쉽게 읽어 볼 수 있습니다. 또한, 나의 모습을 한 걸음 물러서서 바라볼 수 있는 효과가 있습니다. 크게 깨달을 수 있습니다.

이 편지글을 읽을 때는 이미 당시의 감정이 없어서 상황을 객관적으로 바라볼 수 있습니다. 이미 마음이 진정된 상태라 괜히 부끄럽고 민망한 기분이 듭니다. 특히나 이렇게 편지글로 내용을 읽어본다면, 어느 누가 반발하겠어요? 서로 인정하게 됩니다. 아이에게 너무 큰 소리를 낸 건 아닌지, 무서운 표정을 지은 건 아닌지 반성하게 됩니다. 다음에 더 신경 쓰게 되지요.

편지글로 서로의 예민한 부분을 주고받다 보니, "화"를 다스릴 수 있게 되었습니다. 자의 반 타의 반으로 화를 참게 되고, 좋게 이야기하려고 노력합니다. 물론, 예외적인 상황도 많습니다. 하지만, 아이에게 부당하게 화를 내거나 아이가 억울할 만한 상황은 많이 줄어들었습니다. '화'를 다스리니 모든 것들이 평온합니다.

저희 부부는 현재 이 편지글을 적는 횟수가 상당히 줄어들었습니다. 편지글을 주고받다 보니 감정을 조절하는 실력이 향상됐다고 표현할까요? 가끔은, 화를 내다가도 '아, 또 편지 받겠네. 참아야지.'라며 참는답니다. 이제는 편지글을 주고받지 않더라도, 대화로도 충분히 이해할 수 있습니다. 저희 집사람은 가끔 잠든 시현이 앞에서 화내서 미안하다며 눈물을 훔치곤 했습니다. 이제 그런 눈물을 흘리는 날이 없어졌습니다. 아이가 늘 난리 피운다고 생각지 마시고, 부부끼리 서로의 예민함을 편지로 전해 보세요. 훨씬 평화로운 나날을 맞이하게 될 것입니다. 소통의 완성 여섯 번째, '감정조절'입니다.

7

정답은 없다

'다른 엄마들의 선택은 중요치 않다. 그 아이와 내 아이는 다르다. 나의 육아 철학이 얼마나 확고한지를 생각하자.'

7살, 5살 아이를 키우는 한 평범한 엄마가 한 말입니다. 누구나 아이를 키우는 '첫' 육아를 겪습니다. 그렇지 않아도 처음인데 아이를 키우는 일이라 더욱 신중하고 조심스럽습니다. 인터넷 검색을 통해 어떻게 해야 하는지 검색합니다. 주변 선배 맘들의 조언도 구합니다. 가끔 블로그에서 찾은 육아 정보를 보면, 그동안 부족했던 나 자신을 탓하기도 합니다. 하지만, 평범한 엄마의 말처럼, 다른 엄마들의 선택은 중요하지 않습니다. 육아에 있어서 정답은 없기 때문입니다. 정해진 방식도 없고, 규칙도 없습니다. 각자만의 노하우와 평균적인 통계만 존재할 뿐 절대적인 정답은 없습니다. 육아 서적과 수많은 매체에서 육아 정보가 쏟아져 나옵니다. 하지만 누가 하느냐에 따라 그 효과가 달라지기 집니다. 어떻게 하느냐에 따라 아이의 행동은 달라집니다.

후배 선생님 중 완 선생님이 있었습니다. 완 선생님이 가장 어려워하는 것이 훈육이었습니다. 아이들을 통솔하고 통제하는 것을 어려워했어요. 축구 수업에서 가장 중요한 것은 '안전'입니다. 안전을 위해서 아이들을 통제하는 능력은 필수입니다. 규칙과 질서를 지키지 않으면 사고가 발생하니까요. 완 선생님은 매주 금요일마다 이 부분에 대한 교육을 받았습니다. 저도 업무시간이 끝나고 완 선생님을 위해 열심히 가르쳐주었어요. 제가 완 선생님을 예뻐한 이유는 완 선생님이 최선을 다했기 때문입니다. 배운 것을 활용하려고 노력하고, 저의 사소한 노하우도 따라 하려고 열심이었습니다. 늘 잘 안되더라도 최선을 다했지요. 그에 반해 이제 갓 들어온 현 코치는 타고난 능력이 있었습니다. 배우지 않아도 아이들을 집중시키는 특별한 감각이 있었어요. 그래도 훈육에서는 정확하고 올바른 방법을 배워야 하므로 완 선생님과 같이 교육받았습니다. 하지만 현 코치는 배운 대로 하지 않았습니다. 가끔은 위험한 방식의 훈육을 하기도 했습니다. 참 신기한 건 현 코치는 소위 말하는

'정석'에서 벗어난 방법으로 아이들을 다루는데, 아이들이 말을 잘 듣고 즐거워했다는 점입니다. 그에 반해 완 선생님은 유아 아이들을 다루는 데에 있어서 정석대로 열심히 하는데 아이들이 말을 듣지 않고, 즐거워하지 않았어요. 그때 느꼈습니다. '정석'이란 존재하지 않구나. 내가 했던 공부와 해왔던 방식은 그저 많은 사람의 '통계'에 의해 만들어진 '평균적인' 방법일 뿐이구나. 같은 방식이라도 누군가에게는 잘 맞고, 누군가에게는 맞지 않구나. 육아에 있어서, 특히 훈육에 있어서 정답은 없다고 느꼈습니다.

가끔 아이가 아파서 병원을 방문합니다. 의사 선생님의 진단이 의심스러울 때도 있어요. 그래서 다른 병원도 찾아가 봅니다. 그럼 그 의사 선생님의 의견이 다릅니다. 누구는 치료가 필요하다고 하고, 누구는 괜찮다며 간단한 약 처방만 합니다. 아이의 심리상태에 대한 전문가들의 의견도 다릅니다. 삶의 지혜를 가지신 어른들의 조언도 다 다릅니다. 일본 유아교육의 선구자 '요시후미 요꼬미네'는 제가 유아 체육수업을 할 때 많은 영향을 받은 원장님입니다. 요꼬미네의 유아교육은 아이들의 능력을 믿고, 잠재력을 깨워주는 것에 초점을 맞춥니다. 아이들을 '가르치는 것'에 집중하지 않고, '스스로 배우는 아이가 되도록' 지도하는 교육 방식입니다. 재능 개화의 법칙. 경쟁을 이용하는 방법. 흥미를 이용해 반복하게 하는 것. 모방을 이용하는 것 등등 유아교육의 대부분을 배웠습니다. 제가 중시하는 소통교육과 일맥상통하는 부분이 많습니다. 그런데 요꼬미네는 남자아이에 대한 체벌을 허용합니다. 〈4개의 스위치〉에서, "초등학생 이상의 남자아이라면 30센티 자로 엉덩이나 손바닥을 뼈가 부러질 만큼 강하게 때린다는 마음으로 체벌하라."라고 합니다. 그래야 부모의 진심이 통한다고 합니다. 같은 전문가들도 누군가는 동의하는 바에 누군가는 반대합니다. 요즘 세상에 체벌에 동의하는 선생님을 만난 적 있으신가요? 보기 힘들 것입니다. 곰곰이 생각해보면, 저는 체벌에 동의하는 입장이기도 합니다. 매를 드는 것을 반대하지는 않습니다. 하지만 저는 한 번도 때려본 적이 없습니다. 마음으로는 동의하지만 실제로 행동으로 옮기기에는 자신이 없기 때문입니다. 만약 제가 요꼬미네의 책을 무조건적으로 수용하는 마음으로 읽었다면 어땠을까요? 존경하는 요꼬미네의 말이라면 무조건 따르지 않았을까요?

무엇을 따라야 할까요? 바로 본인의 경험을 따라야 합니다. 많은 육아 정보를 얻었다면 각자에게 맞는 정보를 선택해야 합니다. 자신을 믿으며 육아에 힘씁니다. 같은 조언이라도 누가 하느냐에 따라 달라집니다. 직접 노하우를 만들어가야 합니다. 육아에 정답은 없습니다. 끊임없는 의심과 동시에 잘하고 있다는 믿음이 중요합니다. 육아 서적과 블로그에서 배운 대로 하지 않는다고 해서 틀린 육아를 하는 것이 아닙니다. 오은영 박사님은 모든 것을 완벽하게 해내는 부모가 100점이 아니라고 했습니다. 반대로, 육아 지식이 없는 부모가 빵점이 아니라, 아이의 기질을 파악하지 못하고, 육아에 대한 주관이 없는 부모가 빵점 부모입니다. 아이마다 타고난 성향과 상황은 다릅니다. 내 아이에 대해 분석이 필요하고, 그에 맞는 방식의 육아를 하면 됩니다. 아이와 육아에 대한 주관을 갖고 올곧게 나아가는 것이 중요합니다. 여러분들은 이 책을 읽고 있다는 것만으로도 이미 육아에 관한 공부를 많이 하셨을 부모입니다. 육아 공부는 당연히 해야 합니다. 하지만 공부하면서 본인만의 육아 방법과 육아 기술을 만들어가는 것이 중요합니다. 육아 정보도 좋고, 주변 사람들의 조언도 좋지만, 여러분의 방식에도 믿음을 가져보세요. 본인만의 육아의 기술을 만들어보시기를 바랍니다. 그게 비법이 되고, 누군가에게는 큰 조언이 됩니다. 이미 독자 여러분들은 육아 고수입니다. 소통의 완성 일곱 번째, '나만의 육아법 만들기'입니다.

5장

지름길

목소리 활용하기

　제가 일했던 축구학원에는 선생님마다 개인 사물함이 있었습니다. 겉옷이나 가방을 넣을 수 있을 정도의 크기였죠. 서로의 사물함을 열어보지는 않지만, 모든 사물함에는 같은 물건이 하나 있었습니다. 바로 목이 쉬었을 때 먹는 약입니다. 약의 이름은 모르겠지만 목에 좋은 약입니다. 약국에서 주는 대로 먹었습니다.

　모든 선생님은 매일 아침, 이 약을 먹고 수업했습니다. 기나긴 수업을 마치고, 소파에 앉아 잠시 쉽니다. 옆에 선생님이 다가오네요. 지쳤는지 옆에 앉습니다. 눈이 마주치면 꼭 이 말을 주고받습니다. "오늘도 목이 나갔어요." 저희는 활기찬 분위기를 기본 베이스로 수업하였습니다. 기술적인 부분도 중요하지만, 즐기는 것이 더 중요하기 때문에, 딱딱한 분위기보다는 밝고 에너지 넘치는 수업을 하였죠. 그래서 선생님들은 소리를 질러가며 수업하였습니다. 훈련할 때는 끊임없이 잘하고 있다며 동기부여 하였습니다. 아이들이 경기할 때는 마치 해설자가 된 것처럼 중계하였죠. 선생님은 심판인 동시에 응원단장이기도 하였습니다. 골을 넣으면 누구보다 더 신나 하며 분위기를 띄웠습니다. 늘 목이 쉰 상태였죠. 항상 녹초가 되었답니다. 선생님들의 목이 쉬는 또 다른 이유가 있습니다. 선생님들은 목소리를 이용하여 아이들을 집중시킵니다. 축구는 뛰고 달려야 하므로 다칠 위험이 많습니다. 안전을 위해 아이들이 반드시 규칙을 이해하고, 선생님의 통제에 따라야 하지요. 선생님들은 아이들의 안전을 위해 목소리를 이용했어요. 청각을 활용해 아이들을 집중시켰습니다. 선생님들은 크게 네 가지의 방법을 활용하였습니다.

먼저 음량의 변화를 통해 집중시켰습니다. 갑자기 목소리가 커진다거나, 갑자기 작아지면 순간적인 집중이 됩니다. 중요한 규칙을 말하기 직전에 갑자기 쉿! 하며 작게 이야기합니다. 소곤소곤 말하면, 아이들은 귀를 쫑긋 세웁니다. 그럼 그 어느 때 보다 집중하여 규칙을 듣지요. 이상한 소리를 내거나 웃긴 소리를 내는 것도 큰 효과가 있습니다. 포인트는 "갑자기" 해야 그 효과가 있습니다. 같은 소리를 반복하는 것은 효과가 없습니다. 뜬금없이 이상한 소리를 내면서 아이 이름을 부르면 자연스레 아이는 대화자에게 집중하기 시작합니다.

두 번째 방법은, 복명복창입니다. 모두가 선생님의 목소리를 따라 하게 하였습니다. 열정적인 수업을 진행하다가 강사가 "따라 하세요! 첫 번째 규칙!"이라고 말하면 모두가 그 말을 따라 합니다. 복명복창의 장점은 강사가 전하고 싶은 메시지를 전달할 뿐만 아니라, 순간적인 분위기 환기를 통해 집중력도 증가시킨다는 점입니다. 전체 인원 중 소수 몇 명이 집중하지 못하는 경우가 있습니다. 이럴 때 집중하지 못하는 아이들의 이름을 하나하나 불러가며 시간을 보낼 수 없습니다. "집중하자!"라는 말도 아이들에겐 흘려듣기 쉬운 말이지요. 이럴 때 다 같이 큰 목소리를 내어주면 집중하지 못하던 아이들도 정신이 번쩍 들게 됩니다.

"다 같이 따라 합니다. 첫 번째 규칙!"

"첫 번째 규칙!"

"한 번 더 목소리 크게! 첫 번째 규칙!"

"첫 번째 규칙!"

위와 같이 큰 목소리로 아이들이 따라 하게 하여 다 같이 집중하게끔 만드는 방법입니다. 가정에서는 아이와 함께 선생님 놀이와 같은 역할 놀이를 하며 활용할 수 있습니다.

세 번째 방법은 선창 후창 구호입니다. 회사 회식하면 꼭 이런 건배사를 하지 않나요?

"제가 '술잔을 부딪치며!!'라고 외치면, 다 같이 '짠짠짠'이라고 외쳐주십시오!" 선창 후창 건배사입니다. 아이들을 가르치는 선생님들도 자주 사용하는 집중력 기술입니다. 가장 쉬운 예로, "오리!" "꽥꽥!" "참새!" "짹짹!"이 있지요.

이를 가정에서 활용하는 방법도 있습니다. 특히 제가 시현이와 자주 사용하는 방법입니다. 우리 집에는 칭찬의 시간, 말씀의 시간이 있습니다. 시현이에게 구호를 외치는 것처럼 가르쳐주었어요. 말씀의 시간은 간단합니다. 제가, "아빠의 말씀!!"이라고 외치면, 시현이가 "듣는 시간!!"이라고 외칩니다. 그러고 멋지게 차렷 자세를 합니다. 그다음 제가 하고 싶은 말을 합니다. 처음엔 그저 귀여워서 놀이 겸 시작했는데, 자주 하다 보니 통제력이 생겼습니다. 위험한 행동을 계속한다거나, 산만한 행동을 보일 때 활용합니다. 그럼 아이가 억지로라도 진정이 되고, 아빠의 말씀에 집중합니다. 아이와 일정한 구호를 만들면 통제가 필요한 시점에 적절히 활용할 수 있습니다.

마지막, 청각을 역 이용하는 방법도 있습니다. 흔히, 아이들 전반적으로 집중이 부족할 때 활용합니다. 갑자기 아무런 이야기를 하지 않고 아이들을 지긋이 쳐다봅니다. 선생님의 의도를 한 명씩 눈치채기 시작합니다. 대부분 아이가 조용해지기 시작하지요. 선생님은 정색하는 표정을 지은 뒤, 다시 수업을 재개합니다. 선생님은 아무런 말도 하지 않았지만, 아이들은 왜 선생님께서 그랬는지 알 수 있습니다. 어떤 의미로 정적이 있었는지 알 수 있지요. 갑작스러운 변화에 반응하는 것입니다. 묵음의 기술을 가정에서 활용하면, 특히 아이의 문제 행동에 대해 효과적으로 대응할 수 있습니다. 아이가 고집을 부리고 떼를 쓰는 경우, 엄마의 목소리는 점점 커집니다. 아이의 목소리는 더 커집니다. 이럴 때 아무 말 하지 않고 그저 지그시 쳐다보세요. 아이는 갑작스러운 변화에 당황합니다. 아무 말 없이 쳐다만 보는 엄마를 관찰하며 오히려 진정되기 시작합니다. 이때 아이가 스스로 생각하게 되는 효과를 가져옵니다. 왜 엄마가 말이 없어졌는지, 왜 쳐다보는지 생각하게 되죠. 어느 정도 진정이 되면, 낮은 목소리로 말을 건넵니다. 아이는 진정이 되고, 엄마의 이야기를 듣게 됩니다. 아이에게 말을 전달하려면, 잠시 말을 멈추시길 바랍니다.

이렇게 청각을 활용한 네 가지 기술을 활용하면 아이와의 원활한 소통을 할 수 있습니다. 아이들은 한 가지에 집중하기 어려워합니다. 산만하고 주의력이 부족한 모습은 당연합니다. 하지만 집중

기술을 활용하면 5초라도 더 집중하는 훈련이 됩니다. 아이들이 차분해지고 집중하는 습관을 지니면, 듣는 귀가 열립니다. 진정되고, 안정적인 형태의 활동을 보입니다. 선생님들이 활용하는 주의 집중 기술을 활용하여 아이들과 원활한 소통을 이어가시기를 바랍니다. 소통의 첫 번째 지름길, "목소리 활용하기"입니다.

2

끊.기.전.략

　홈스쿨링. 아이를 키우는 집이라면 누구나 다 들어보거나, 고민 해봤을 것입니다. 학교에 가는 대신, 집에서 부모님이 직접 교육하는 것. 점점, 가정에서 직접 가르치는 집이 늘어나고 있습니다. 특히 코로나 시대가 도래한 이후, 학부모님들은 온라인 줌 수업에 한계를 느끼기 시작했습니다. 홈스쿨링에 대한 관심이 늘어나고 있습니다. 하지만, 가정에서 수업한다는 것은 결코 쉬운 일이 아닙니다. 내가 아는 것을 가르쳐주는 것과 '아이가 알게끔' 하는 것은 전혀 다르기 때문입니다. 가르치는 방법을 터득해야 합니다.

　저희 어머니, 시현이의 할머니께서는 그림 그리는 실력이 뛰어나세요. 수채화를 주로 그리시고, 특히 과일이나 꽃, 풍경 그림이 아주 예쁩니다. 산에서 감 농사를 지으셔서, 산에 집을 짓고 살고 계시는데요. 해 질 무렵, 테라스에 앉아 바깥 풍경을 보며 그림을 그리십니다. 하루는, 손녀들을 데리고 미술 수업을 하셨어요. 처음엔 아이들도 재미있어했습니다. 일종의 놀이였고, 할머니가 선생님이니까요. 역할 놀이를 하는 것처럼 새로운 느낌 덕분에 집중도 잘하고, 차분히 수업을 듣는 모습이었어요. 하지만 하루 이틀, 시간이 지나자 점점 흥미를 잃어가기 시작했습니다. 아이들은 놀이 개념으로 시작했지만, 시간이 지날수록 이해하기 어렵고 진지한 수업이 이어졌지요. 할머니도 점점 지쳐가기 시작했습니다. 결국, 4일 만에 미술 수업은 끝났습니다. 당시 손녀들은 5세, 8세였어요. 아이들을 가르치는 것은 쉬운 일이 아닙니다. 가르치는 것과 동시에, 아이들의 집중력을 유지하기 위해 다양한 시도를 해야 합니다.

아이와 대화할 때는 포인트에서 끊어 말해주어야 합니다. 끊어서 말해주면 부모가 하는 말을 쉽게 이해합니다. 아이와 이야기를 나누기 위해서는 다양한 대화 기술을 보유하고 있어야 합니다. 그중 끊어가기는 아이와의 대화에서 필수적으로 활용해야 합니다. 끊어서 설명해주어야 합니다.

"수민아, 저기 보이는 ∨ 검은색 수건 ∨ 가져다줄래?"

이 문장에서 포인트는 검은색 수건입니다. 검은색 수건을 말하기 전후로 잠깐씩 끊어서 포인팅을 주었습니다. 가끔, 끊어 말하기를 잘못 이해하신 분들이 계십니다. 모든 단어마다 끊어서 말하는데요. 이는 오히려 문장이해에 도움이 되지 않습니다.

"수민아 ∨ 저기 ∨ 보이는 ∨ 검은색 ∨ 수건 ∨ 가져다줄래?"

이렇게 모든 단어를 끊어서 말하면 이해하기 어렵습니다. 글로 읽어보아도 가독성이 떨어집니다. 단어마다 끊어가는 것이 아니라, 의미별로 끊어가야 합니다. 끊어가는 시점은, 포인트입니다. 말하려는 포인트 앞에서 끊어야 합니다.

상황에 따라, 포인트 단어만으로도 대화는 가능합니다. 수민이가 손을 씻고 있습니다. 수건이 세 장이 걸려있어요. 검은색 수건은 사용해도 되는 수건이고, 나머지 두 장은 빨래하기 위해 잠시 빼놓은 수건입니다. 이때, "수민아 ∨ 저기 검은색 수건 ∨ " 이렇게 말하여도 충분히 소통할 수 있습니다. 이 문장에서 특별한 지시는 하지 않았습니다. 그저 '검은색 수건'이라고만 말했어요. 하지만 수민이는 무슨 뜻인지 이해합니다. 중요 포인트만 알아들으면 엄마의 의도를 충분히 알아챌 수 있습니다. 포인트에서 끊어가야 합니다. 얼마 전, 공원에서 시현이와 공놀이를 하였습니다. 제가 화장실을 간 사이, 아이와 아내가 놀았던 영상이 있었어요. 시현이는 제 모습을 따라 하며 엄마에게 축구를 가르쳐 주고 있었습니다. 그런데, 제가 했던 말을 정확히 따라 하고, 심지어 포인트를 정확히 잡고 있었죠. 틀린 동작도 정확히 설명하더군요. 시현이가 보여주는 동작은 뒤뚱거리며 불안했지만, 정확한 설명을 해주었습니다. 시현이가 포인트를 정확히 기억할 수 있었던 이유는, 포인트 전후로 끊어 설명한 덕분이지요. 아이가 부모와의 대화를 기억하게 하는 힘은 끊어 말하기입니다.

유튜브에는 유명 강사님들의 강의 영상이 많이 있습니다. 입시학원의 강사님들인데요. 강사님이 열띤 스피치로 수업을 이어가다가, 가장 중요한 부분에서 2초 정도 멈춥니다. 갑자기 멈추고 눈으로 전체를 훑습니다. 그 순간의 카리스마와 집중력이 폭발합니다. 단 2초. 순간적인 정적이 흐른 후 다시 설명을 이어갑니다. 이 2초간의 정적이 순간적인 집중력을 끌어냅니다.

"여기서 이렇고 저기서 저렇단 말이야. 그러니까!"

1초, 2초……

"이렇게 된다는 거야."

포인트를 주려고 일부러 질문으로 끊어 가는 예도 있습니다.

"여기서 이렇고 저기서 이래. 그러면 여기서 뭐다?"

"………"

"여기서 이거라는 거야."

강사의 말은 질문으로 끝이 났습니다. 대답을 기다리면서 끊어가는 방법입니다. 학생들이 대답해주면 좋고, 대답해주지 않더라도 괜찮습니다. 2초 정도 뒤 정답을 말해주면 완벽한 끊어가기 문장이 됩니다.

끊어서 말을 해야 합니다. 아이와의 대화가 수월해집니다. 엄마, 아빠가 하는 말을 이해하는 범위가 넓어집니다. 아이가 말을 이해하기 시작하면, 말을 하는 것도 배우기 시작합니다. 아이와 대화할 때 끊어서 말하지 않는 것은, 글을 쓸 때 띄어 쓰지 않는 것과 같습니다. '아버지가방에들어가시는' 것처럼 끊어 말하지 않으면 아이들은 이해하기 어려워합니다. 아이와 원활한 대화를 위해서는 포인트에서 끊어가는 습관을 길러야 합니다. 끊기 전략을 통해 아이와 원활한 소통을 이어가시기를 바랍니다. 소통의 두 번째 지름길, '끊기'입니다.

3

모방의 귀재

친구 중 한 놈이 20살에 결혼하였습니다. 신부의 배가 약간 부른 상태로 결혼식을 올렸죠. 21살에 엄마와 아빠가 되었습니다. 두 사람 모두 어린 나이에 아이를 키우기가 쉽지 않았어요. 경제적 독립도 하지 못했고요. 양가 부모님의 도움을 받아 살고 있었죠. 그래도 아이를 위해서 열심히 공부하고, 육아에 힘썼습니다. 평소 책과는 거리가 멀었던 친구는 육아 서적을 읽으며 아이를 올바르게 키우기 위한 노력을 하였습니다. 부모 교육도 찾아 들으러 다니더군요. 평소 술을 좋아하던 친구인데, 술자리에 참석하는 비율도 급격히 줄어들었어요. 또래 친구들보다 훨씬 성숙한 모습이었습니다. 아이를 위해 노력하는 모습이 대단했습니다. 하지만 평소 습관을 고치지 못했습니다. 운전할 때 거친 말이 나왔습니다.

선생님 아빠, 아이에게 주고 싶은 단 하나의 힘

아이가 세 살쯤 됐을 무렵, 운전하다가 혼잣말로 "아! 18!"이라고 했는데 바로 직후, 아이가 따라 했다는 겁니다. 순간 친구는 너무 당황하고 놀랐습니다. 운전에 집중이 안 돼서 길가에 차를 멈춰 세웠다고 하더군요. 자기는 아무렇지도 않게 한 혼잣말을 아이가 그대로 따라 했습니다. 그 이후로 아이를 관찰했대요. 그런데 아이의 모습이 누구와 똑같겠습니까? 엄마, 아빠를 그대로 따라 하고 있더랍니다. 그때부터 본인의 행동과 말을 조심하면서 살고 있다고 합니다.

저도 항상 느낍니다. 시현이가 갓 세 돌이 되었을 때 하는 말을 듣고 깜짝 놀랐어요. 시현이를 뒷좌석 카시트에 태우고 운전하며 가고 있었어요. 주차장에서 앞차가 주차할 듯 말 듯 애매하게 가더라고요. 앞차가 느리게 가니, 시현이가 말했습니다.

"왜 이렇게 느려? 답답하네, 정말!"

평소 제 말투를 똑같이 따라 했습니다. 심지어 미간을 찌푸리며 감정이 섞여 있었습니다. 저는 평소 욕을 하지 않습니다. 특히 시현이 앞에선 나름 조심한다고 생각했는데, 아이는 단순히 말을 따라 하는 것을 넘어서 성격도 닮아가고 있었던 거죠.

"부모는 아이의 거울이다.", "아이를 보면 부모가 보인다.", "거울 육아"

부모의 모습을 아이가 그대로 따라 한다는 것은 널리 알려진 사실입니다. 그래서 부모들은 늘 행동과 말을 조심하려고 노력합니다. 아이들은 무엇이든 잘 따라 합니다. 아이들은 "따라 하기"를 통해 성장합니다. 말을 배울 때는 엄마의 입 모양을 따라 하면서 배우기 시작하지요. 박수, 잼잼, 곤지곤지 등등 손동작들도 엄마, 아빠의 행동을 따라 하면서 배웁니다. 부모가 가르치려고 한 것도 아닌데 배우는 경우도 많아요. 평소 습관이나 동작을 따라 하게 되지요. 단순히 흉내 내는 것이 아니라 유심히 보고 관찰합니다. 아이들은 모방의 귀재입니다.

대부분 부모님은 아이가 내 모습을 따라 할까 봐 '조심'합니다. 훌륭한 부모님들은 아이가 내 모습을 따라 할까 봐 "조심"하는 것에만 집중하지 않습니다. 아이의 "따라 하기"를 활용하여 무엇을 가르칠지, 어떻게 가르칠지 고민하지요. 모방이라는 아이들의 특성을 활용하는 것입니다. 아이들은 무엇이든 따라 하는 것을 좋아하기 때문에 이를 적절히 활용하면 훌륭한 학습 수단이 됩니다.

유아기 "따라 하기"를 활용한 소통 교육은 다섯 가지로 나누어 볼 수 있습니다. 첫 번째 신체 동작을 따라 합니다. 영유아기부터 시작하는 소통 활동으로 잼잼, 도리도리, 박수 등이 있습니다. 아

선생님 아빠, 아이에게 주고 싶은 단 하나의 힘

이의 성장과 발달 정도에 맞게 난이도를 점점 높여야 합니다. 두 번째, 사물을 활용하는 법을 따라 합니다. 사물에 대한 사용법을 말로 설명하는 것보다 직접 보여주는 것이 가장 효과적입니다. 이때, 사물의 용도와 맞지 않는 동작도 보여주어야 합니다.

예를 들어 자동차를 비행기처럼 활용하거나, 책을 바닥에 놓고 징검다리 놀이를 하는 것 등이 있습니다. 사물 용도에 맞지 않는 활용을 보여주면, 사고의 제한을 없애고, 생각의 범위를 넓혀줍니다. 세 번째는 말을 따라 합니다. "음성"보다 "입 모양"을 보여주는 것에 집중해야 합니다. 아이들이 말을 배우게 되는 가장 기초 원리는 입 모양을 보고 따라 하는 것입니다. 또한, 단답형의 말보다 문장형의 말을 보여주어야 합니다. 어휘력을 높일 수 있습니다. 네 번째는 상황 대처를 따라 합니다. 특정한 상황에 대한 대처는 한 가지만 보여주지 않고, 여러 가지 대처법을 보여줍니다. 예를 들어 친구가 괴롭히는 상황의 대처법을 가르칠 때, 1_선생님에게 이야기한다. 2_"하지 마!!"라고 말을 한다. 이렇게 여러 가지 대처법을 보여주어야 합니다. 마지막으로 역할을 따라 합니다. 경찰관, 소방관, 식당 사장님 등등 다양한 사람들을 따라 해보며 역할 놀이를 하는 것도 훌륭한 소통 활동이 됩니다.

특히 선생님을 따라 하는 놀이는 훌륭한 학습 놀이입니다. 배운 것을 내 것으로 만드는 비법은 "가르치기"입니다. 어려운 내용의 학문을 배워도 누군가에게 알려주다 보면, 어느새 그 내용이 온전히 내 것이 된 것을 느낍니다. 아이들에게도 이를 적용할 수 있습니다. 매일 30분씩, 아이는 선생님의 역할을, 부모는 아이의 역할을 맡아 놀이합니다. 미술, 체육, 영어 어떤 선생님이든 상관없습니다. 처음엔 흥미를 유발하기 위해 놀이 위주로 진행해도 됩니다. 흥미를 붙이고 나면, 아주 조금이라도 아이가 선생님으로부터 배운 내용을 엄마에게 알려줄 수 있도록 유도합니다. 수업 시간인 것처럼 묻고 답합니다. 수업 시간에 일어날 수 있는 다양한 상황도 놀이해봅니다. 꾸준히 선생님의 역할을 하다 보면, 아이는 어디서든, 무엇이든 관찰하고 배우는 훌륭한 모방꾼이 됩니다.

"따라 하기"는 위대한 학습 수단입니다. 유아기에 모방의 습관을 갖춘 아이들은 시간이 지날수록 그 힘을 강력하게 발휘합니다. 창조는 모방에서 시작된다는 말이 있잖아요. "따라 하기"를 잘하는 아이들이 창의적인 아이들로 성장하게 됩니다. 모방은 유아기 아이들의 타고난 능력입니다. 모방 능력을 활용한 소통은 아이를 더 위대하고 훌륭한 아이로 성장시킬 수 있습니다. 가정에서도 다섯 가지 '따라 하기'를 활용한 소통 교육을 활용해보시기를 바랍니다. 소통의 세 번째 지름길, '따라 하기'입니다.

선생님 아빠, 아이에게 주고 싶은 단 하나의 힘

4

반복

"아이들은 반복하는 것을 좋아합니다. 그리고 그거 아세요? 아이들은 반복하는 것을 좋아해요. 한 가지 더 추가 설명하자면, 아이들은 특히나 반복하는 것을 좋아한답니다! 아, 그리고 반복하는 것을 좋아한다지요."

아이들에게 쓰는 대화체로 적어보았습니다. 위 문장을 조금만 바꾸어서 아이에게 활용해봅니다.

"희주야, 엄마는 빵을 엄청나게 좋아한다.? 그리고 그거 알아? 엄마는 빵을 무지무지 좋아해. 아 참!! 너 그것도 아니? 엄만 빵이 너무 좋아."

아이가 곧바로 쳐다보며 씩 웃을 겁니다. 웃긴 이야기는 몇 번이나 반복해서 해주어도 까르르 웃으며 즐거워합니다. 재밌는 게임을 하고, 또 하고, 또 하고 싶다며 말하기도 하지요. 아이들은 반복하는 것을 좋아하고 몇 번이고 반복하면서 즐거워합니다.

반복의 효과에 대해서는 수많은 서적에서 확인할 수 있습니다. 자기계발서와 성공에 관련된 책에서는 반드시 나오는 내용입니다. 말을 반복하라, 생각도 반복하라, 작은 행동부터 반복하라 등등 여러 가지 방법으로 반복했을 때의 어마어마한 성장에 관해 이야기합니다. 아이들도 마찬가지입니다. 아이들은 특히나 반복하는 것을 좋아하니 말입니다. 그래서 이번 글에서는 "인성교육"과 관련된 반복의 힘에 관해 이야기하고자 합니다. 아이들에게 "긍정적인 말"을 가르쳐주고, 아이들이 그 "말"을 반복적으로 따라 했을 때, 아이들은 그 말에 따라 변화합니다.

축구교실에서 일할 때, 강사교육을 꾸준히 하였습니다. 당시 강사교육의 핵심은 첫 번째, 어떻게 집중시키느냐? 두 번째, 어떻게 즐겁게 만드느냐였습니다. 그런데, 아무리 강사님들이 노력하여도 바뀌지 않는 아이들이 있었어요. 아이들에게 바란 건 기술적인 성장이 아닙니다. 그저, 긍정적인 마음가짐을 갖고 축구를 즐겁게 하는 것이 전부였죠. 밝고 활기찬 아이가 되기를 바랐습니다. 하지만 강사님들이 바꾸려고 노력하면 할수록 오히려 엇나가기 시작하는 아이들이 있었죠. 경기 양상이 과열되어 서로 다투는 모습을 보이기도 했습니다. 같은 팀 친구가 실수라도 하면 화를 내고 짜증을 내었습니다. 절대, 우리 학원에서는 있을 수 없는 일이었습니다.

우리 학원의 가장 큰 무기는 긍정적이고 밝은 분위기였거든요. 축구는 조금 못하더라도 상관없었어요. 자신감 넘치고 활기차며, 늘 운동하는 것을 즐기는 아이들로 만드는 것에 목표를 두었습니다. 그런데 부정적인 모습이라니요. 말도 안 됩니다. 그리고 그러한 아이들을 변화시키지 못한다는 것은 더더욱 있을 수 없는 일이었어요. 고민하고 또 고민했습니다. 승패를 떠나 밝고 긍정적인 분위기를 만들 방안을 찾기 위해 노력했습니다. 그리고 아이디어를 냈습니다. 한 팀을 상대로 실험해보았습니다.

수업 중간에 긍정적인 말들을 반복하여 외쳤습니다. 그리고 아이들이 따라 하게끔 하였습니다. 선창·후창 구호로 만들었습니다. 코치님께서 수업 중간에 한 명의 이름을 부르며 파이팅을 외칩니다. 그럼 모든 인원이 다 같이 큰 목소리로 파이팅이라고 외쳤습니다.

"최지한, 파이팅!!" 이라고 하면 아이들이 "파이팅!!!" 이라고 외치는 겁니다. 또 몇 분 후 다른 아이의 이름을 부르며 파이팅을 외칩니다. 그럼 모든 아이가 또 파이팅을 따라 외칩니다. 그러다 마지막엔 "우리 팀, 파이팅!!!"이라고 하였습니다. 꾸준히 반복하였습니다. 그랬더니 아이들은 파이팅을 외치는 습관이 생겨서, "야야, 파이팅!! 잘해!!"라며 서로 격려하고 응원하는 모습을 보였습니다. 경기가 끝나고는 다들 하나같이 큰 목소리로 "수고했어, 친구야!!"라고 외쳤습니다. 팀에 합류가 늦었던 여자아이 두 명도, 주변 친구들이 파이팅을 외쳐주며 격려해주자, 자신감 넘치는 모습으로 적응하였습니다. 그저 긍정적인 말을 알려주고 그 말을 반복하였을 뿐인데, 아이들의 분위기가 완전히 달라졌습니다.

아이들은 말하는 대로 바뀝니다. 포인트는 반복하여 말하는 것이 긍정적인 요소여야 한다는 점입니다. 칭찬받는 것은 몇 번이고 받아도 행복해하지요. 똑같은 내용의 동화도 몇 번이고 보아도 좋아합니다. 반대로 부정적인 요소의 반복은 당연히 좋아하지 않습니다. 혼나는 상황, 실패, 벌칙 등을 반복하는 것을 누가 좋아하겠어요. 반복의 효과는 긍정의 테두리에서만 그 힘을 발휘합니다.

위 사례에서는 '선창·후창'을 활용하여 좋은 말을 반복하였습니다. 우리 집에서는 '칭찬의 시간'을 가지며 좋은 말을 반복적으로 주고받습니다. 제가 칭찬의 시간이라고 외치면 시현이는 아기 소파 위로 올라갑니다. 일종의 시상식인데요. 칭찬받을 만한 이유를 만들어서 시현이를 칭찬해줍니다. 저는 마이크를 들고 말합니다. "우리 김시현 어린이는 오늘 아주 안전하게 놀이하고, 규칙도 잘 지켰으며, 무엇보다 웃는 모습을 자주 보여주어서 이렇게 칭찬합니다!" 마이크를 시현이에게 넘기면, 현재 기분이 어떤지, 앞으로 어떻게 행동할지 이야기합니다. 그럼 제가 "머리를 숙이세요."라고 말하고, 시현이가 머리를 앞으로 내밀면 저는 머리를 쓰다듬어 줍니다. 이 모든 게 시현이에게는 일종의 시상식 놀이일 뿐입니다. 하지만 말의 힘은 마음으로 파고든다는 것을 알고 있습니다. 칭찬의 시간을 꾸준히 반복하여 시현이가 늘 좋은 에너지만 갖도록 노력하고 있습니다.

> "선서! 저는 안전하게 질서를 지키며, 사랑하는 친구들과 협동하는 마음으로 캠프에 참여하겠습니다!"

유아 캠프에서 볼 수 있는 선서문입니다. 평소에는 질서를 지키기 어려워하는 아이들이 캠프에 참여하는 동안은 규칙을 잘 지킵니다. 친구들끼리도 서로 보살펴주며 예쁜 말을 많이 합니다. 선서문을 외치는 것이 마음에도 작용하여 선서문에 적힌 대로 움직이게 됩니다. 항상 좋은 말과 좋은 글을 늘 곁에 두며 반복해서 읽어주어야 합니다. 또한, 따라 읽게 해주어야 합니다.

아이가 바른 마음을 가지고 성장할 수 있는 가장 쉬운 방법입니다. 아이와의 소통이 원활해지려면 긍정의 에너지가 있어야 합니다. 좋은 말을 반복적으로 주고받는 것이 원활한 소통의 열쇠입니다. 아이가 좋은 말을 반복하는 것을 즐기게끔 해주세요. 소통의 네 번째 지름길, '반복'입니다.

5
선물을 주는 사람

선물을 싫어하는 아이는 없습니다. 선물은 동기부여가 됩니다. 자기가 한 행동이나 노력에 대한 대가로 선물을 받으면 아주 큰 동기부여가 되지요. 아이에게는, 무언가 잘못하였을 때 받는 벌이 아니라, 무언가를 잘하였거나, 노력하는 모습을 보였을 때 얻는 축하와 선물이 훨씬 더 큰 동기부여로 작용합니다. 혼나는 상황보다 칭찬받는 상황에서 아이들의 마음이 움직임입니다. 선물을 통해 아이에게 동기부여를 줄 수 있습니다. 선물의 종류는 물질적인 것에 한정되지 않습니다. 물질적인 선물 이외에 여러 가지 선물의 종류를 살펴보겠습니다.

먼저, 아이에게 동기를 부여하는 간접적 선물이 있습니다. 칭찬

스티커, 동전, 칭찬 도장 등이 그것입니다. 스티커를 모으면 자신이 원하는 무언가를 얻을 수 있도록 규칙을 만듭니다. 동전도 마찬가지이고요. 동전을 모으면 그 돈으로 원하는 무언가를 구매할 수 있습니다. 흔히 어린이집, 유치원에서는 칭찬스티커나 칭찬 도장을 대부분 활용하고 있습니다.

요즘에는 학원에서도 유치부, 초등부 아이들을 위해 "마켓데이"를 오픈합니다. 한 달에 한 번 정도 열리는 마켓에서는 원하는 물건을 구매할 수 있습니다. 그 화폐가 바로 스티커나 토큰이 됩니다. 평소 수업 시간에 열심히 하는 모습을 보이거나, 과제를 성실히 수행하면 토큰이나 스티커를 받습니다. 그것들을 모아 마켓에서 사용할 수 있지요. 칭찬 도장을 받는 것 자체를 좋아합니다.

유아기 아이들은, 스티커를 받은 사실 자체에 기뻐하고, 동기부여를 받습니다. 가정에서도 충분히 활용할 수 있습니다. 얼마 전 "우리 집 부자교육"의 저자 김진성 작가님의 강의를 들었습니다. 작가님께서는 아이에게 "경제"에 관한 교육을 하기 위해 가정에서 어떤 활동을 하는지 보여주셨어요. 대부분 가정에서 하는 방법이기도 합니다. "노동"에 대한 대가로서 돈을 지급하는 것이지요. 독특했던 점은 식당의 메뉴판처럼 가격표를 만들어 놓았던 점입니다. 훌륭한 동기부여 방법입니다. 보통은 "노동"에 대한 대가에만 초점을 맞추는데, 인성적인 부분도 충분히 동기부여가 가능합니다. 양보하기, 먼저 사과하기, 소외당한 친구에게 먼저 다가가기 등등 인성교육도 교육할 수 있습니다.

메뉴	용돈	지급횟수
청소기 돌리기	1,000원	
음식쓰레기 버리기	1,000원	
분리수거 하기	1,500원	

두 번째 방법은 선물 없이 선물 받은 기분을 만들어주는 칭찬과 인정해주기입니다. 포인트는 "감정전달"입니다. 아이에게 전달하는 감정이 아이에게 느껴져야 하지요. 어떤 말을 하였는지 알아듣지 못하더라도, 감정은 반드시 전달되어야 합니다. 칭찬할 때의 감정은 온몸으로 전달하여야 합니다. 머리를 쓰다듬어 주거나, '하이파이브'처럼 스킨십을 하는 것도 감정전달에 효과적입니다. 엉덩이를 토닥여주며 귀에 속삭이듯 "최고야!!"라고 말해주어도 됩니다. 가끔은 아무 말 없이 엄지손가락을 치켜세워주며 윙크를 해주어도 감정전달이 되지요. 아이에게 칭찬의 메시지가 정확히 전달되어야 합니다.

세 번째, 아이들이 좋아하는 놀이를 해주는 것이 선물이 될 수 있습니다. 저는 주로, 시현이가 말을 예쁘게 할 때 목말을 태워줍니다. 목말을 탄 상태에서도 말을 예쁘게 해주고, 노래를 불러 달라고 하면 노래도 불러준답니다. 비록 노래는 못하지만 말이죠. 그래도 시현이가 말을 예쁘게 해주니 목말을 태울 힘이 생긴답니다. 엄마, 아빠의 장기나 재능을 활용하여 선물할 수도 있습니다. 저희 집사람은 집에서 빵이나 쿠키를 잘 만듭니다. 시현이도 늘 관심을 보여왔죠. 그래서 집에서 함께 빵 만드는 시간이 시현이에겐 일종의 선물이 됩니다. 그래서 가끔 시현이는 이런 말을 하곤 합니다.

"엄마! 우리 장난감 정리 다 하고, 요리 시간 할까?"
다른 사람들에게는 없는 아내만의 무기인 거죠.

중요한 것은 선물의 타이밍입니다. 선물의 타이밍은 바로 "즉시"입니다. 아이가 행동하였을 때, 바로 즉시 칭찬과 격려를 해주어야 합니다. 그래야 아이 스스로 옳은 행동과 옳지 않은 행동을 구분할 수 있습니다. 타이밍이 늦으면 아이는 왜 칭찬받는지 알 수 없습니다. 설령 안다고 하더라도, 효과는 미비합니다. 저는 생일이 2월 10일인데요. 어릴 적엔 생일이 다가오면 밤마다 기다리고, 어떤 선물을 받을지 기대하잖아요. 그런데 저는 생일 때마다 방학이었어요. 그래서 늘 늦은 선물을 받았어요. 2주 정도나 지나서 축하 받았습니다. 그게 그렇게 서러웠어요. 물론 챙겨주어서 고맙긴 하지만, 생일 당일엔 그게 그렇게 속상했습니다. 하지만 방학이라도 생일 당일, 집 앞에 찾아와 선물을 주거나, 전화를 걸어 생일을 챙겨주는 친구가 있으면, 그게 그렇게 행복했어요. 그 친구 두 명은 평생 잊지 못합니다. 아이가 칭찬받을 일을 했는데 선물을 한참 뒤에 주면 아무런 소용이 없습니다. 하지만 행동하자마자 선물을 주면, 아이는 큰 감동을 하게 되지요. 선물의 타이밍은 바로 "즉시"입니다.

'칭찬을 잘 활용하면 아이와 다툴 일이 없다.'

아이에게 선물은 칭찬과 같습니다. 선물을 잘 활용하면 늘 밝은 소통을 이어갈 수 있습니다. 또한, 선물은 물질적인 선물만 뜻하지 않습니다. 스티커나 칭찬 도장도 선물이 되고, 진심 어린 칭찬과 인정도 선물이 됩니다. 또한, 아이가 좋아하는 놀이를 하는 것도 아이에겐 큰 선물이 됩니다. 다양한 방법을 통하여 늘 선물 같은 하루를 보내시기를 바랍니다. 소통의 다섯 번째 지름길, '선물'입니다.

6

타임아웃

선물은 아이에게 강력한 동기부여를 합니다. 반대로 역 동기부여 방법도 있습니다. 바로 타임아웃입니다. 아이가 무언가를 하고 있을 때, 그것을 중지시키고 약속을 한 뒤 돌아오는 것을 말합니다. 아이가 재미있는 무언가를 할 때, 위험한 행동을 하거나, 질서, 규칙을 지키지 않는다면, 그 활동을 멈춥니다. 특정한 장소로 이동하여, 규칙을 지키기로 약속하고 다시 기회를 줍니다. 타임아웃은 아이가 무언가를 즐기고 있을 때, 활용도가 높습니다.

우리 집에는 가정용 에어바운스가 있어요. 마음껏 점프도 할 수 있고, 미끄럼틀도 붙어 있습니다. 에어 송풍기를 통해 부풀어지는 형태이기 때문에 다칠 위험도 없어요. 3~5세 아이들 2~3명 정도가 신나게 놀 수 있는 정도의 크기이죠. 딱 거실 크기입니다. 약간의 소음이 있긴 하지만, 이웃집에 피해가 갈 정도는 아닙니다. 코로나로 키즈 카페에 가지 못할 때, 시현이를 위해 구매했어요. 처음 시현이는 송풍기의 소리 때문에 무서워했습니다. 청소기 소리의 2배 정도입니다. 바람이 빠진 상태로 납작하게 접혀있던 에어바운스가 바람을 넣으니 부풀어 올랐어요. 점점 거대해지는 모습을 보고 시현이는 기겁했습니다. 에어바운스 말만 꺼내도 싫어했어요. 그래도 구매했고, 사용해야 하니 적응하도록 노력했습니다.

집사람과 함께 신나게 노는 모습을 보여주었더니 시현이도 조금씩 관심을 가지기 시작했습니다. 이틀 만에 금방 적응하여 신나게 점프하며 놀았답니다. 하지만, 문제가 하나 있었습니다. 시현이가 적응을 마치니 위험한 행동을 하기 시작했습니다. 점프가 과격해졌어요. 안전하다는 것을 알았는지 뒤로 누우면서 점프하였습니다. 머리가 먼저 떨어질 때, 목이 꺾일까 봐 노심초사했습니다. 에어바운스의 밑으로 기어들어 가기도 했어요. 심지어 송풍기를 끈 다음 재빠르게 에어바운스로 올라가 바람이 빠지는 것을 즐겼습니다. 올바르게 놀지 않았습니다. 위험해 보였지요.

규칙과 약속이 필요해 보였습니다. 이때, 타임아웃을 사용하였습니다. 시현이가 좋아하는 에어바운스 놀이를 하지 못하게 중지시킵니다. 바깥으로 나오도록 부른 다음, 1분 정도 잠깐 이야기를 나눕니다. 서로 두 눈을 바라보고 분명한 약속을 합니다. 어떠한 약속을 하였는지 시현이가 직접 말하도록 유도합니다. 정확한 단어는 아니더라도 어떤 약속을 하는지 분명히 알게 해야 합니다.

"김시현, 위험한 행동 하지 않을 거예요. 뭐라고?"

"위험한 행동 하지 않아요."

"좋아. 조심해서 놀아."

약속하고 1분, 2분 정도는 안전하게 놉니다. 하지만 금방 다시 원래대로 돌아가지요. 그럼 다시 한번 타임아웃을 합니다. 두 번째 타임아웃은 약속의 시간이 조금 짧아져도 됩니다. 그래도 분명하고 명확하게 약속해야 합니다. 이런 식으로 놀이마다 꾸준히 교육을 해주었어요. 그랬더니, 처음에 약속을 지키던 시간이 1분, 2분이었지만, 약속을 거듭할수록, 지속하는 시간이 늘어나기 시작했습니다.

타임아웃은 '벌'의 개념이 아닙니다. 약속의 의미입니다. 잠시 분위기를 진정시키는 역할을 할 뿐입니다. 선물과 마찬가지로 동기부여를 발생시키는 것에 초점을 두어야 합니다. 자기 행동 때문에 '좋아하는 무언가를 잃게 될 수도 있구나'라는 깨달음을 얻는다는 뜻에서 저는 이를 '역 동기부여'라고 정의합니다. 타임아웃도 적절히 활용하면, 아이에게 여러 가지 학습을 시킬 수 있습니다. 예를 들어, 책을 볼 때마다 턱을 괴는 아이가 있습니다. 이때, 잠시 책을 시야에서 가린 뒤, 턱을 괴지 않게끔 말해줍니다. 혼내는 것도 아니고, 벌의 개념도 아니므로 그저 알려주는 정도의 표정과 말투로 이야기해줍니다.

"시현아, 턱 괴지 말고 자세 바르게 책 보자." 이렇게 좋게 이야기해줍니다. 습관은 곧바로 고치기 힘듭니다. 그래서 반복적으로 타임아웃을 해주어서 턱을 괴지 않아야 하는 것을 인지하게끔 계속 알려 주어야 합니다. 특히 습관을 고치기 위한 목적이라면, 선물도 활용하여 동기 부여해주는 것을 추천해 드립니다. 엄마가 말하기 전에 턱을 괴지 않고 책을 보고 있다면, 그 순간을 놓치지 말고 '선물'해주어야 합니다. 선물과 타임아웃을 같이 활용하여 꾸준히 알려주면 변화하는 아이를 보게 될 것입니다.

그렇다면 얼마 동안 타임아웃을 해야 할까요? 시간은 중요하지 않습니다. 아이에게 정확한 의사를 전달하였고, 아이가 충분히 이해했다면 시간에 상관없이 타임아웃을 해제해주어도 됩니다. 타임아웃은 시간보다 얼마나 정확한 약속을 하는지, 그리고 얼마나 반복적으로 해주는가에 초점을 맞추어야 합니다. 한번 타임아웃을 했는데 아이가 노력하는 모습이 보인다면 두 번째에서는 시간을 줄여도 됩니다. 하지만 전혀 효과가 없다면 타임아웃 시간을 늘

려도 됩니다. 이런 식으로 타임아웃의 시간은 아이의 변화 정도에 따라 달라질 수 있고, 정해진 시간은 없습니다.

타임아웃의 목적은 아이의 변화에 있습니다. 선물은 아이의 행동을 강화하게 합니다. 아이가 어떠한 행동을 했을 때, 선물을 받으면 그 행동이 강화됩니다. 반면 타임아웃은 문제 행동을 제거해야 할 때 사용됩니다. 아이가 어떠한 행동을 했을 때, 타임아웃을 하게 되면 그 행동을 더는 하지 않게 됩니다. 가장 중요한 것은 정확한 의사 전달입니다. 타임아웃을 하여 무엇을 수정해야 하는지 분명히 알려주어야 합니다. 어떠한 규칙을 지켜야 하는지 스스로 말하게끔 하는 것이 가장 효과적입니다. 두루뭉술한 말로는 효과가 없습니다. 무엇을 잘했는지, 어떤 부분을 칭찬하는 것인지 정확히 알려주어야 합니다. 어떤 행동은 하면 안 되고, 어떤 행동을 해야 하는지 명확히 알려주는 것이 포인트입니다. 타임아웃을 적절히 활용하면, 규칙을 지키게끔 할 수 있고, 잘못된 행동이나, 바르지 못한 행동을 고칠 수 있습니다. 소통의 여섯 번째 지름길, '타임아웃'입니다.

선생님 아빠, 아이에게 주고 싶은 단 하나의 힘

7

미션, 과제를 줄 때

유아기 아이들은 더 어려운 일을 하고 싶어 합니다. 어려운 일을 해냈을 때 우쭐대며 자랑하지요. 그렇다고 너무 어려운 일을 주면 쉽게 포기해버립니다. 아이 관점에서 할 수 있을 것 같은 과제는 도전하게 됩니다. 하지만, 할 수 없을 것 같은 과제에는 관심을 가지지 않게 되는 것이지요. 이러한 유아의 특징을 활용하면 발달과 성장을 이룰 수 있습니다. 아이에게 맞는 수준의 과제를 파악하는 것이 중요합니다. 아이의 성장을 위해서는 적절한 수준보다 한 단계 어려운 수준의 과제를 주어야 합니다. 저는 이를 '두 살 위 미션'이라고 칭합니다. 자기보다 한 살, 두 살 형이 하지 못하는 일을 자기가 할 수 있을 때, 모두가 들으라는 듯이 엄마에게 물어보곤 합니다.

"엄마, 나는 두발자전거 탈 줄 아는데, 저 형아는 탈 줄 모른대."

아이들은 본능적으로 경쟁을 좋아합니다. 잘하고 못하고의 기준은 옆에 있는 또래입니다. 아이의 성장을 위해서 또래보다 살짝 높은 수준의 미션에 도전해야 합니다. 저는 한 단계 높은 미션의 마지노선을 두 살 터울로 정의했습니다. 유아기 아이들에게 두 살 터울까지의 레벨에 도전하는 것은 '할 수 있을 것 같은 미션'입니다. 하지만 세 살 이상 차이 나는 미션은 '할 수 없을 것 같은 미션'에 불과합니다. 그래서 '두 살 위 미션'이 가장 적합합니다.

저는 직업상 많은 유아기 아이들을 만나왔기 때문에, 아이에게 주는 과제가 적합한지 아닌지 알 수 있습니다. 시현이는 요즘 중심 잡기를 연습하고 있습니다. 시현이는 현재, 네 살이고, 한 발 중심 잡기는 정확히 두 살 위 미션입니다. 여섯 살 아이들을 기준으로, 중심을 잡을 줄 전혀 모르는 아이는 1~2초, 중심을 잡을 줄 알지만 조금 어려워하는 아이들은 10초 내외, 중심을 잘 잡는 아이들은 30초 이상의 기록이 나옵니다. 저는 운동신경에 균형감각의 중요성을 알고 있어서 일찍부터 시현이에게 훈련해왔습니다. 게임을 하듯이 연습해왔어요. 시현이는 현재 10초 내외의 기록이 나옵니다. 시현이에게 한발 중심 잡기는 어렵지 않은 과제입니다. 적절히 흥미를 느끼고 도전해 볼법한 수준입니다. 더 어려운 과제를 주었다면 시현이는 관심 두지 않았을 것입니다.

'두 살 위 미션'은 세 가지 장점이 있습니다. 첫째, 아이가 흥미를 갖기 쉽고, 도전해볼 만합니다. 두 살 터울 수준의 과제는 아이에게 매우 재밌습니다. 아이에게 어렵지 않습니다. 그러므로 아이는 쉽게 도전해봅니다. 세 살 이상 차이 나는 과제는 애초에 어려워 보이기 때문에 관심 자체를 갖지 않습니다. 두 살 위 터울이 적절합니다. 둘째, 성공했을 때 성취감이 높습니다. 친구들도 다 할 줄 아는 미션에 성공했을 때와 형들이 할 만한 미션에 성공했을 때의 성취감 차이는 큽니다. 두 살 위 미션은 아이에게 높은 성취감을 줍니다. 셋째, 아이는 도전을 거듭하면서 성장합니다. 약간 어려운 것에 도전하면 실패하든 성공하든 성장의 발판이 됩니다. 옆에서 경쟁심을 자극하면 더욱 빠르게 성장합니다. "옆집 형아는 이걸 못한대." 이 말 한마디에 아이의 눈빛이 돌변합니다. 도전하고 결국 성장합니다.

문제는 두 살 위 미션이 어느 정도인지 모릅니다. 우리 아이는 다섯 살인데, 일곱 살 수준의 미션이 어느 정도인지 알기 어렵습니다. 이럴 때는 그저 과제를 내어줍니다. 그리고 아이가 해결하는 모습을 보며 평균치를 만들어 냅니다. 경험을 쌓아야 합니다. 가끔 너무 높은 수준의 과제를 주는 때도 있습니다. 이미 지시를 내린 후 막상 아이가 수행하는 모습을 보니 너무 높은 수준이었다는 것을 깨닫게 된 경우입니다. 이럴 때는 그저 잘 수행한 부분에 대해서만 칭찬해주고, 그 이상의 부분은 신경 쓰지 않아도 됩니다.

두 돌이 갓 지난 은성이에게 수건을 가져다 달라고 말했어요. 이제는 제법 말을 잘 알아듣는 시기입니다. 터벅터벅 걸어가더니, 수건이 아닌 주방에서 쓰는 행주를 가져왔어요. 그러자 엄마는 아이에게 말했습니다. "그건 행주고, 수건 가져와." 아이는 다시 한번 행주를 엄마 손에 건넵니다. 엄마가 계속 거절하자, 혼란스러워합니다. 그러더니 장난감이 있는 거실로 가버렸습니다. 은성이가 행주와 수건을 구분할 수 있었을까요? 구분한다고 하더라도, 엄마의 반응은 아이에게 혼란만 주었습니다. 긍정적 교육 효과는 없었습니다. 은성이가 가져온 물건이 행주든, 수건이든 상관없습니다. 무언가를 가져왔다면 그 행동까지는 '은성이가 할 수 있는 미션'입니다. 행주가 아니라 수건을 가져와야 하는 것은, 은성이에겐 한두 살 위 미션이거나, 그 이상이었을 것입니다. 이때, 무언가를 가져온 행동에 대해 당연히 칭찬해주어야 합니다. "무엇"을 가져왔는지에 대한 교육은 나중에 합니다. '행동'을 했다는 것에 대한 충분한 칭찬을 한 뒤 물건에 대한 설명을 이어가면 됩니다.

"우와 우리 아들 수건 가져왔어?? 최고야 고마워."

"그런데 이건 지저분한 거 닦는 행주고, 수건은 깨끗한 거야."

"엄마랑 같이 수건 가지러 가보자."

은성이는 무언가를 가져오라는 지시에 행동했습니다. 과제를 잘 수행했으니 칭찬을 하고, 그 이상에 대해서는 알려주는 것으로 충분합니다. 이런 식의 경험을 조금씩 쌓아 가면 알 수 있습니다. 아이가 해낼 수 있는 정도의 과제가 무엇인지, 성장에 도움이 되는 두 살 위 미션이 어느 정도인지 파악할 수 있습니다.

아이의 특성을 활용하면 성장과 발달을 이룰 수 있습니다. 아이들은 본능적으로 약간 어려운 것을 좋아합니다. 어려운 것에 도전하고 성공했을 때 성취감을 느끼며 성장합니다. 하지만 애초부터 너무 어려워 보이면 도전할 마음이 생기지 않지요. 너무 어렵지 않게 조절하는 것이 중요합니다. 그러한 면에서 '두 살 위 미션'은 가장 적절한 수준입니다. 과제를 주거나, 지시를 내릴 때 혹은 과제를 줄 때 '두 살 위 미션'을 기억하시기 바랍니다. 소통의 일곱 번째 지름길, '두 살 위 미션'입니다.

6장

고민

6장에서는 실제 상담했던 내용을 공유하려 합니다.

아이들의 '문제 행동'에 대해 이야기하려 하는데요,

주의할 점은 아이의 "문제가 되는 행동"에 대한 판단 기준입니다.

우리 아이의 행동이 문제가 되는지 안 되는지

어떻게 판단해야 할까요?

그 기준이 모호합니다.

심지어 같은 문제라도 어떤 아이는 금방 괜찮아질 수가 있고,

또 어떤 아이는 전문가와 상담이 필요한 경우도 많습니다.

판단 기준이 모호합니다.

실제로 전문가들도 문제 행동에 대한 판단 기준이 다릅니다.

저는 그 기준으로 '사회성'을 꼽습니다.

그래서 사회성 이야기를 먼저 해보려 합니다.

우리 아이 사회성 문제

"저는 여섯 살 현우의 엄마입니다. 저희는 맞벌이 부부예요. 그래서 어린이집 생활에 통 신경을 못 썼죠. 항상 5시 30분쯤 데리러 갔고, 그 시간엔 몇몇 아이들만 남아, TV 앞에 모여 이런저런 학습을 하더라고요. 하루는, 회사 사정으로 일을 쉬게 되어, 어린이집 주변을 서성거리고 있었어요. 보고 싶었거든요. 그리고 혹시나 마주쳤으면 해서 말이죠. 마침 아이들이 바깥 활동을 하기 위해 나오더라고요. 선생님과 줄을 맞춰 어디론가 가는데, 뭔가 이상함을 느꼈습니다. 현우가 질서도 지키지 않고, 이동하는 내내 선생님께 혼나더니, 결국 선생님 손을 잡고 가더라고요. 그때까진, 줄서고 질서를 지키는 것이 어려웠나 보다 하고 생각했죠. 놀이터에 도착하여 아이들이 자유롭게 놀기 시작하는데, 현우만 유독 다르다는 느낌을 받았어요. 아이들끼리 뛰놀다 보면 부딪히기도 하고, 장난감이나 물건을 서로 가지겠다며 싸울 수도 있잖아요. 다른 아이들은 선생님 말씀을 듣고 따라 행동하였어요. 서로 사과도 하고, 악수도 하고, 화해하는 것을 배우더라고요. 그런데 우리 아이는 전혀 그런 모습이 아니었어요. 고집불통에, 소리만 꽥꽥 지르는 모습을 보았지요. 아이들이 우리 아이만 보면 피하는 것 같았습니다. 현우도 다른 아이들과 같이 놀려고 하지 않았어요. 혼자서 놀았습니다. 친구한테 말을 걸 때는 무언가 갖고 싶을 때 말고는 없었네요. 다른 여섯 살 아이들에 비해 아기 같다는 느낌을 많이 받았습니다. 소위, 싸움닭 같은 존재가 되어 어린이집 생활을 하고 있었다는 생각에 눈물이 왈칵 쏟아졌습니다. 그 길로 한참을 걷다 집으로 들어왔네요. 현우는 왜 사회성이 부족할까요? 우리 아이도 평범한 아이들처럼 바뀔 수 있을까요?”

의외로 많은 학부모님께서 아이의 사회성에 대해 고민하고 계십니다. 발달센터에도 방문하고, 여러 가지 수업도 듣지요. 그런데 그중 개선이 필요한 아이는 거의 드뭅니다. 가짜로 사회성이 부족한 아이들이 대부분이고, 진짜로 사회성이 부족한 아이들은 비교적 소수에 불과하지요. 먼저, 가짜로 사회성이 부족한 아이들은, 어른들이 보기에, 사회성이 부족한 아이들입니다. ‘어른들의 판단’

선생님 아빠, 아이에게 주고 싶은 단 하나의 힘

에 의해 사회성이 부족한 것입니다. 이 부류의 아이들은 실제로 큰 문제가 없는 정상적인 상황입니다. 그저 어른들의 관점에서 봤을 때 사회성이 부족하다고 판단됩니다.

- 욕심이 많아 무조건 자기가 다 가지려는 아이들.
- 승패의 개념에서 패배를 인정하지 못하는 아이들.
- 친구와 놀지 않고 혼자서만 노는 아이들.
- 집에서와는 다르게 밖에서는 말이 없는 아이들.
- 인사를 잘 하지 않는 아이들.

위 행동들은 문제 행동이라고 보기 어렵습니다. 당연한 모습입니다. 그저 또래보다 조금 어릴 뿐입니다. 가짜 부류의 아이들은 지극히 어른들의 관점에서 보았을 때, 사회성이 없다고 판단되는 것뿐이고, 큰 문제가 있는 것은 아닙니다. 그런데 부모로서는 걱정스러운 마음에, 문제가 있는 것이 아닐까 하고 생각하게 되는 거죠. 이 아이들은 아직 준비가 덜 되었을 뿐입니다. 아이들이 욕심이 많은 것은 당연합니다. 어른들의 관점에서, 친구에게 양보하고 배려하는 마음으로 행동하는 것이 더 편하기 때문에 그렇게 가르치는 것이죠. 실제로 아이들이 받아들이기는 쉽지 않습니다. 그래서, 친구에게 양보하는 것을 배웠는데도 불구하고 양보하지 않으면, 사회성이 부족하다고 '낙인'찍히는 것입니다. 물론, 조금 성숙한 아이들도 있습니다. 그렇다고 왜 우리 아이는 받아들이지 못하냐며 다그칠 필요는 없습니다. 받아들이지 못하는 것이 당연하기 때문입니다. 이 부류의 아이들은 대게, 시간이 해결해주는 경우가 많습니다. 전문가의 상담과 사회성 발달 프로그램으로 더 촉진할 수는 있겠지만, 그럴 필요는 없습니다. 가정과 교육기관에서 적절히 알려주면, 천천히 바뀌기 시작할 것입니다. 아이를 믿고 기다려주면 됩니다. 격려해주고, 칭찬해주세요. 그러면 천천히 바뀔 것입니다.

사회성이 부족한 '진짜' 부류의 아이들은 상담과 사회성 증진 프로그램을 통하여, 꾸준하게 '학습'해야 하는 아이들을 말합니다. 이 부류의 아이들은 대게, 사회성의 문제뿐만 아니라 다른 부분에서도 더딘 성장을 보입니다. 특히, 주의력이나 집중력, 신체 활용 능력, 언어능력 등에서 더딘 성장을 보입니다. 그로 인해 친구나 선생님, 타인과의 정서적 교류가 원활하지 않아요. 이렇게 '진짜' 사회성이 부족한 아이들에게 하나의 해결책을 제시한다면, 가정에서의 교육과 소통입니다. 모든 발달센터에서는 선생님만 노력해야 하는 것이 아니라 부모님이 함께 노력하는 것이라고 설명할 것입니다. 선생님을 만나는 시간은 일주일에 5시간도 안 됩니다.

해결의 열쇠는 가정에 있습니다. 오은영 박사님께서 유명하신 이유는, 아이가 바뀌도록 하는 것이 아니라, 가정이 바뀌도록 솔루션을 제시하기 때문입니다. 아이의 변화는 부모님의 노력, 즉 부모와 올바른 소통을 통해 이루어집니다.

우리 아이 사회성. 우선 진짜인지 가짜인지 구별해보시기를 바랍니다. 어른들의 관점에서 판단하지는 않는지 체크해 보아야 합니다. 진짜 사회성이 부족한 아이들은 '부모님과의 소통'이 필수입니다. 아이와 의사를 주고받기 위해 노력을 하고, 늘 화목하고 밝은 분위기의 가정이 되도록 노력하여야 합니다. 부모님과 바른 소통으로 우리 아이 사회성을 발달시켜주시기를 바랍니다.

물건에 대한 집착, 빼앗으면 난리를 피워요

학원에서는 흔히 있는 일입니다. 수업에 필요 없는 물건을 들고 오는 아이들이 있습니다. 간식이나 딱지, 팽이, 요즘엔 포켓몬 카드 등이 있지요. 아이에게는 너무나 소중한 물건입니다. 소중하기 때문에 수업에 방해가 됩니다. 계속 그 물건만 생각하니까요. 불과 1년 전 일입니다.

1학년 병훈이는 축구 시간에 막대사탕을 몰래 가져왔어요. 마스크에 가려져 입이 보이지 않는다는 점을 이용했습니다. 사탕을 입에 물고 축구를 했습니다. 대단하기도 하지요. 담당 선생님께서 병훈이를 불러 경고했습니다. 자칫 잘못하면 위험할 수 있으므로 단호하게 이야기하였습니다. 그런데 다음 주에 막대사탕을 또 가지고 온 거예요. 담당 선생님은 사탕을 보관하였다가 수업이 끝난 후 찾아가라고 하였습니다. 병훈이는 먹지 않고 주머니에 넣겠다고 했지요. 그렇게 실랑이를 벌이다가 결국 주머니에 넣고 수업에 참여하였습니다. 병훈이 고집이 보통이 아니었거든요. 하지만 주머니가 신경 쓰여서 집중이 안 됩니다. 축구를 하면 뛰고 달리고 넘어지기도 하는데 그럴 때마다 병훈이는 주머니에 손을 넣고 활동하였습니다. 저는 보다 못해 담당 선생님께 양해를 구하고 병훈이에게 다가갔습니다. 그리고 주머니에 무엇이 있는지 모르는 척하고 "주머니에 뭔가 있어?"라고 물었습니다. 고집이 센 병훈이지만, 제가 더 고집이 세다는 걸 병훈이는 알고 있었어요. 제가 사탕을 가져갈까 봐 경계를 풀지 못했습니다. 병훈이는 말을 더듬으며 말했습니다.

"수업 끝나고 먹을 거예요."

"그래, 좋아. 수업 끝나고 먹어. 그런데 무엇인지 보여줄래?" 그랬더니 경계가 풀렸는지 슬쩍 꺼내서 보여주더라고요. 저는 순식간에 "우와! 맛있겠네!" 하면서 은근슬쩍 병훈이 손에 있던 사탕을 잡아챘습니다. 그리고 곧바로 말했습니다. "꼭 끝나고 가져가. 선생님이 잊어버릴 수도 있으니까 꼭 네가 말해줘." 병훈이는 꼭 가져가겠다는 표정으로 대답했습니다. "네!"

물건에 대한 집착. 아이들에겐 무엇보다 소중한 물건일 수 있습니다. 그런 물건을 엄마가 **빼앗아간다는** 느낌이 들면, 상황은 점점 심각해집니다. 엄마는 늘 '내가 좋아하는 물건을 **빼앗아가는** 사람'으로 인식하거든요. 신뢰 관계가 중요합니다. 그 물건을 왜 엄마한테 맡겨야 하는지 구구절절 이유를 설명할 때, 아이는 손에 쥐고 있는 것이 더 소중해집니다. 빼앗기고 싶지 않은 생각이 듭니다. 아이가 물건을 손에 꼭 쥐고 있다고 해서, 이를 큰 문제인 것처럼 화제 삼기 시작하면, 아이는 물건에 집착하기 시작합니다. 아무렇지 않은 듯 이야기하고, 가져가야 합니다. 상황을 가벼이 넘기는 지혜가 필요합니다. 아래의 순서에 따라 **빠르고 덤덤하게** 행동해 보시기를 바랍니다.

1) 아이의 물건에 긍정적인 반응을 합니다.

(간단한 반응이나 표정이어야 합니다. 잠시 아이의 시선을 분산시킬 수 있을 정도면 충분합니다.)

2) 이 물건의 소유는 아이인 점을 강조하며 무심히 가져갑니다.

"이따가 꼭 찾아가. / 이따가 가져가. / 이따가 꼭 먹어." 하며 순식간에, 무심히 가져가 버립니다.

3) 동시에 빠르게 이유를 설명하고, 빠르게 거리를 넓힙니다.

"너 불편하니까 엄마 주머니에 넣어 놓을게. 이따 꼭 가져가. 까먹으면 안 돼."

선생님 아빠, 아이에게 주고 싶은 단 하나의 힘

이때 표정이나 몸짓으로 칭찬을 해주면서 거리를 넓히도록 합니다.

4) 아이가 그 물건을 찾기도 전에 미리 돌려주기

특히 마지막 4번이 중요합니다. 아이가 맡겨놓은 물건을 찾기 전에 엄마가 먼저 되돌려줍니다. 그럼 엄마에게 가지는 신뢰감은 몇 배로 늘어납니다. 5살 다정이는 애착 인형을 항상 들고 다녔어요. 귀여운 돼지 인형이었는데, 어디든 항상 들고 다녀 보풀이 다 일어나 있었습니다. 인형을 들고 다니는 건 문제가 아니었지만, 활동 시간에는 위험할 수 있습니다. 평균대에 올라서는 시간이었죠. 그래서 다정이에게 말했습니다.

"다정아, 인형 너무 귀엽다. 꿀꿀이 돼지구나. 선생님도 돼지 코야. 한번 봐봐. 돼지코 맞지? 그런데 다정아, 지금 이 인형을 들고 올라가면 다칠 것 같으니까 딱 5초만 선생님 들고 있을게. 다정이 평균대 끝나고 가져가. 옳지 잘한다. 하나, 둘, 셋, 넷, 다섯, 끝! 꿀꿀이 챙겨가세요! 잘했어, 다정이!"

다정이가 인형에 집중할 틈을 주지 않기 위해 끊임없이 말하였습니다. 다정이는 제 말에 홀린 듯 순식간에 평균대 활동을 끝냈습니다. 그리고 인형도 돌려주었습니다. 그때부터 다정이는 저를 믿기 시작하였습니다. 저는 약속을 지키는 사람이라는 신뢰가 생긴 거죠. 다정이의 애착 인형 내려놓기를 5초로 시작하였는데, 점점 시간이 늘어나 몇 주 뒤에는 50분도 성공하였습니다. 다시 돌려주기의 중요성입니다. 아이가 엄마를 믿고 물건을 맡겼다면, 아이가 요구하기 전에 돌려주어서 신뢰를 깊이 쌓아야 합니다.

훈육은 어렵습니다. 아이들에게 무엇이 잘못되었는지 어떻게 해야 하는지 알려주어야 합니다. 그리고 왜 그렇게 해야 하는지 명확한 이유를 말해주어야 합니다. 하지만 때로는 상황을 가벼이 넘길 줄 아는 지혜가 필요합니다. 문제로 삼으면 문제가 되지만, 문제 삼지 않으면 문제가 되지 않습니다. 아이들은 당연히 사소한 물건이나 간식에 집착합니다. 이를 너무 큰일로 만들어버리면 오히려 더 집착하게끔 역효과가 납니다. 거창한 일이 아닌 자연스러운 일로 만들어 지혜롭게 대처하시기 바랍니다.

선생님 아빠, 아이에게 주고 싶은 단 하나의 힘

3

꼭 급할 때 말 안 듣는 우리 아이

토끼가 깡충깡충 지나가고 있었어요. 저기 보이는 산 너머 친구 집에 가고 있답니다. 그런데 갑자기 배가 아팠어요. 꼬르륵꼬르륵 소리도 났지요. 방귀도 뿌르륵 뿡뿡 새어 나왔어요. 얼굴이 빨개집니다. 응가가 나올 것 같아요. 얼른 화장실을 찾아야겠어요. 마침 언덕 끝에 화장실이 보여요. 배를 움켜쥐고 화장실로 갑니다. 거의 도착했어요. 그때! 호랑이가 나타났습니다. "어흥!" 호랑이는 토끼를 잡아먹으려고 길을 막아섰지요. "음… 맛있겠군, 토끼!" 토끼는 깜짝 놀라, 나오려던 응가가 다시 쏙 들어갔어요.

"아이고, 호랑이님! 제발 한 번만 살려주십시오!"

"흥! 난 지금 며칠째 굶고 있다. 맛있게 먹어주지!"

그때, 토끼는 번뜩 좋은 생각이 났어요.

"아이고, 호랑이님! 며칠째 굶으셨군요. 안 그래도 기다리고 있었답니다. 우리 호랑이님께 맛있는 고기를 드려야 하는데 이걸 어쩌지요? 저는 지금 응가가 마려워 화장실을 가고 있었거든요. 저를 지금 잡수시면 배 속에 있는 응가 때문에 응가 맛이 날 텐데…."

"뭐? 뱃속에 응가가 가득 찼다고?"

"네, 맞아요. 위대하신 호랑이님, 제가 얼른 응가를 누고 오겠습니다. 그때 맛있는 고기를 드릴 터이니 잠시 기다려주시겠어요?"

"좋아. 난 지금 배가 고프니까 빨리 갔다 오라고."

"예, 호랑이님! 갔다 오겠습니다!"

토끼는 속으로 생각했습니다.

'흥! 내가 돌아올 줄 알고? 얼른 도망가야겠다.'

토끼는 화장실에 갔다가 뒷문으로 빠져나와 멀리멀리 도망쳤답니다. 이야기 끝.

제가 만든 이야기입니다. 이 이야기를 만들 당시 저도 너무 당황해서 머릿속에서 나오는 대로 만들었어요. 며칠 전 시현이의 고모네에 갔어요. 집 안에서만 놀기 지루해서 밖으로 데리고 나갔지요. 아파트 현관문을 나와서 내리막을 따라 한 개 동, 두 개 동, 세 개 동을 지나니 놀이터가 나오더라고요. 조금 큰 애들이 놀고 있었고, 시현이는 저와 여러 가지 놀이를 하였습니다. 평소엔 시현이가 또래 아이들과 어울리도록 기회를 주고, 저는 한걸음 뒤에서 보기만 하는 편인데요. 그날은 유독 또래 아이들이 없어서 제가 열심히 놀아주었어요. 아빠와 함께 노니 점점 과격해졌어요. 흥분하기 시작했습니다. 목마른 줄도 모르고 놀았어요. 그러다 갑자기 시현이가 "아빠, 응가 마려워." 그러더니 저 멀리 나무 밑으로 가는 거예요. 바지를 잡고 내리려고 하더라고요. 깜짝 놀라 "뭐해, 시현아?"

"응가 하려고…"

"아냐, 아냐, 아냐. 화장실 가자. 바로 옆에 있어."

"나 응가 급해."

"알지, 알지. 근데 바로 옆에 있으니까 화장실 가자."

엄마들은 다 알 거예요. 아이가 진짜 급한지, 가짜로 급한지. 그런데 진짜로 급해 보였어요. 그래서 저도 모르게 이야기를 시작했습니다. "너, 토끼 응가 이야기 알지?"

"토끼 응가? 모르는데?"

"몰라? 토끼 응가 이야기 있잖아. 호랑이 나오는 거."

"몰라. 뭔데? 얘기해줘."

"토끼가 깡충깡충…… "

이렇게 해서 이야기가 만들어졌습니다. 당시엔 시간을 벌어야겠다는 생각만 들었습니다. 머릿속에서 나오는 대로 이야기했지요.

시현이는 이야기를 들으면서 집까지 도착했고, 무사히 거사를 치렀습니다.

만약 제가 시현이에게 무조건 참으라며 뛰어가고 서둘렀다면 어떻게 되었을까요? 오히려 시현이에게 압박감을 주어서 더 참기 힘들었을 것입니다. 급할수록 시선을 분산시켜서 유도하는 것이 효과적인 방법입니다. 빨리 따라오라며 다그치면 오히려 역효과가 나지요. 규칙이나 약속은 시간적 여유가 있을 때 교육하면 됩니다. 급할 때는 아이를 교육하려 하지 말고 유도하여야 합니다.

아이를 유도하는 방법은 두 가지가 있습니다. 첫째, 호기심을 유발합니다. 위의 예시처럼 호기심을 유발하여 시선을 분산시키는 것입니다. 약간의 연기력이 가미되면 더욱 유도하기 수월합니다. 둘째, 아이가 좋아하는 것을 제공합니다. 저는 아침에 어린이집에 갈 때마다 시현이가 좋아하는 축구공을 챙깁니다. 출발 시각보다 조금 일찍 축구공을 들고 나가 시현이와 놀아줍니다. 충분히 놀고 난 뒤 축구공을 차에 싣고 출발하지요. 아침에 밥을 늦게 먹거나, 옷을 늦게 갈아입으면 축구공을 슬쩍 보여주어서 빨리 움직이도록 유도하지요. 좋아하는 것을 활용하여 유도합니다.

급할 때는 아이를 움직이도록 유도합니다. 급하지 않을 때 교육합니다. 교육하는 방법은 '시간 약속'입니다. 시간 약속 방법은 3차로 나누어 알려줍니다. 곧 출발해야 하는데 옷도 안 갈아입고 놀고 있어요. 먼저 1차 제시합니다. "시현아, 이제 옷 입자." 그럼 시현이는 싫다며 더 놀고 있겠지요. 2차 제시에서 시간 약속을 합니다. "그럼 딱 9시까지만 놀고, 옷 입자. 알았지?" 여기서 포인트는 아이에게 약속 시각이 몇 시인지 질문하는 것입니다. "몇 시라고?" 시현이는 아홉 시가 뭔지도 모르고, 언제인지도 몰라요. 그래도 아홉 시라고 대답합니다. 마지막 단계는 시간을 미리 알려주는 것입니다. 종료 시각 1분 전, 30초 전, 10초 전 이렇게 언제 옷을 갈아입는지 시간을 알려주면 아이가 마음의 준비를 할 수 있습니다. 시간 약속 지키기 연습을 꾸준히 하다 보면 아이가 시간 약속을 지키는 것에 익숙해집니다. 처음엔 반드시 1차, 2차, 3차로 나누어 알려주어야 합니다. 시간 약속을 한 번에 해버리면, 아이가 마음의 준비를 할 시간이 부족합니다. 아이에게도 충분한 여유를 주어야 합니다. 3차로 나누어서 천천히 교육하시기 바랍니다. 급할 때 말 안 듣는 우리 아이, 호기심을 유발하거나, 아이가 좋아하는 것을 적극적으로 활용하면 쉽게 유도할 수 있습니다. 급할 때는 다정하게 유도하고, 급하지 않을 때는 단호히 교육하여서 아이와 다투는 시간이 줄어들기를 바랍니다.

4

우리 아이는 조금만 수틀리면 소리를 질러요

미운 일곱 살, 요즘엔 미운 네 살이라고 하지요. 네 살이든 일곱 살이든 유독 말 안 듣는 시기가 있습니다. 하라고 하면 안 하고, 하지 말라고 하면 더하고, 청개구리 시기에요. 조금만 마음에 들지 않으면 울며 떼씁니다. 말이 통하지 않죠. 어느 집이나 겪는 일입니다. 우리 집에서도 마찬가지였습니다. 시현이는 노는 것을 좋아합니다. 모든 아이가 노는 것을 좋아하지만, 시현이는 심한 편이에요. 아무것도 안 먹고 놀이합니다. 놀이를 시작하면 끝도 없어요. 잠도 안 자요. 밥 먹을 때, 씻을 때, 자야 할 때, 놀이를 멈추지 못하였죠. 그나마 목욕할 때는 물놀이를 하자며 놀이화하여서 잘 해결하였습니다만, 식사 시간과 잠자는 시간을 매번 놀이화하긴 힘들었습니다. 항상 전쟁 같은 식사 시간이었지요. 하지만, '두 번 공감하기'를 실천하여 잘 버텨내고 있습니다. 아이가 원하는 것에 공감해주었더니, 원활하게 소통이 가능해졌습니다. 공감해주고 아이의 생각에 귀 기울여 주었습니다. 아이가 진정하게 되고, 아이도 엄마 아빠의 이야기를 듣기 시작했지요. 아이가 놀이를 멈추고 스스로 움직이도록 결정적 역할을 해준 것이 '두 번 공감하기'입니다. 아이와 실랑이 벌일 일이 줄어들었습니다. 보통, 아이 엄마는 무언가를 하자고 하고, 아이는 싫다며 떼를 썼어요. 큰소리가 오가고, 결국 아이는 울음을 터뜨렸었죠. 아이가 떼를 쓸 때의 패턴입니다. 하지만 우리 집에서는 이제 더는 이런 일이 없습니다.

'두 번 공감하기'는 네 가지 순서로 나뉩니다. 첫째, 목적을 파악해야 합니다. 아이가 울고 떼쓰고 소리를 지르는 것에는 목적이 있습니다. 가령, 엄마가 병원에 가자며 준비하니, 아이가 울기 시작하며 떼를 씁니다. 이때 아이가 우는 이유는 병원에 가지 않기 위해서입니다. 장난감 놀이를 하던 중 밥 먹는 시간이 되어 불렀더니 먹기 싫다며 소리를 지릅니다. 밥을 먹기 싫은 것이 목적일 수도 있고, 장난감 놀이를 계속하는 것이 목적일 수도 있습니다. 공감하려면 첫 번째, 목적을 파악해야 합니다. 아이는 목적을 달성하면 거부 행동이 없어집니다. 특히, 말을 하는 것이 아직 서툰 아이들의 경우, 아프거나 어딘가 불편할 때 거부 행동을 보일 수도 있으므로 목적을 잘 파악하는 것이 중요합니다.

둘째, 목적에 대해 공감을 해주어야 합니다. 1차 공감의 목적은 '진정'입니다. 아이를 진정시키는 것이 급선무입니다. 소리 지르고 떼쓰는 아이를 진정시키기 위해서 공감을 해주는 것입니다. "아! 병원에 안 가고 싶었어?"라고 말해줍니다. 부모가 아이의 마음을 대신 표현해주면, 아이는 순간 진정이 됩니다. 엄마의 이야기를 들을 준비가 되지요. 밥 먹자고 했더니 소리를 지르는 아이에게 "아~ 장난감 놀이를 더 하고 싶어?"라고 말하면 순간적으로 소리를 지르는 것이 줄어듭니다. 만약, 그래도 진정이 되지 않으면, "괜찮아. 대답해봐. 장난감 놀이 더 하고 싶었어?"라고 한 번 더 물어보며 대답을 유도합니다. 대답하기 위해선 울음을 그쳐야 하기 때문이죠. 그래도 울음을 그치지 않으면,

"울음소리 때문에 무슨 말인지 모르겠어. 울음 뚝 하고 대답해봐. 장난감 더 하고 싶어?"

공감해주는 표현을 하면서 울음을 그치도록, 진정하도록 유도해줍니다.

셋째, 차분히, 짧게 설명함과 동시에, 마치 내 상황인 것처럼 공감하며 이야기합니다. 1차 공감으로 어느 정도 진정이 되고, 엄마

의 말을 들을 준비가 되면 2차 공감으로 대화를 이어갑니다. 아이의 상황이 마치 내 상황인 것처럼 공감해주는 것이 포인트입니다. 동시에 설명도 붙여줍니다.

"병원에 가기 싫었구나. (공감) 엄마도 가기 싫어. 엄마는 아픈 거 싫어하거든. (공감) 그런데, 지금 네가 병원에 안 가면 더 아파질 거야. 그럼 더 큰 병원으로 가야 해. (설명) 지금은 작은 병원이지만, 다음에 가면 큰 병원으로 가야 하거든. (설명) 그러니까 우리 지금 같이 가자. 엄마랑 같이 손 꼭 잡고 가자 알겠지?"

"장난감 놀이 더 하고 싶은 마음은 알지. (공감) 엄마도 너랑 장난감 놀이하고 싶어. (공감) 그런데, 우리 장난감 놀이하려면 에너지가 필요해. (설명) 엄마도 놀고 싶은데 에너지가 부족하면 더 놀 수가 없잖아. (설명) 그러니까 엄마랑 같이 에너지 보충하고 같이 놀자 알겠지?"

넷째, 설명을 들어준 것에 대해 칭찬을 해줍니다. 아이가 눈물을 그치지 않았더라도, 엄마의 말을 들어준 것만으로도 칭찬해주어야 합니다. 다음에 또 비슷한 상황에서 훨씬 빠르게 진정시키는 효과가 있습니다. 또한, 칭찬을 통해 기분이 풀리면서 엄마의 지시에 따르게 될 가능성도 커집니다. "일단, 우리 민경이 엄마 말 잘 들어줘서 정말 고마워. 하이파이브!"

위 네 가지 순서로 공감해주었더니, 아이의 분노 표출이 줄어들었습니다. 목적 파악하기, 1차 공감하기, 2차 공감과 빠른 설명하기, 칭찬하기 순서입니다. '두 번 공감하기'는 결국 훈련입니다. 엄마에게도, 아이에게도 훈련입니다. 마음을 진정하는 훈련이 되고, 감정을 추스르는 훈련이 됩니다. 감정표출에 대한 조절력을 키울 수 있습니다. 아이의 고집을 그저 꺾으려고만 하면 분노발작(탠트럼)까지 이어질 가능성이 커집니다. 진정시키며 대화로 풀어가야 합니다. 또한, '두 번 공감하기'가 소통 훈련이 되었습니다. 엄마도 아이의 마음을 듣는 연습이 되고, 아이도 흥분된 마음을 진정하는 연습이 됩니다. 아이와 원활한 소통으로 이어지고, 밝고 화목한 시간이 늘어납니다. 목적을 파악하고, 두 차례에 걸쳐서 공감해준 뒤, 마지막 칭찬으로 보듬어주세요. 꾸준히 훈련하다 보면 아이와 소통이 원활해질 것입니다.

선생님 아빠, 아이에게 주고 싶은 단 하나의 힘

5

이 세상 모든 학부모의 고민,
휴대전화와 유튜브

시대는 변합니다. 시대에 따라 육아의 방식도 변하고, 아이들의 취미생활도 변합니다. 휴대전화기, 그리고 유튜브. 모든 학부모님의 고민입니다. 한 번도 안 본 아이는 있어도, 한 번만 본 아이는 없다지요. 코로나로 인해 외부 활동이 제한적이었던 최근 2년 동안, 휴대전화와 유튜브에 빠져든 아이들은 더욱 증가하였습니다. 이제는 온전히 떼어놓기는 힘듭니다. 휴대전화기 없이 살아가는 것은 불가능해졌습니다. 무조건 사용하지 못하게 하는 것보다, 아이 스스로 조절하게끔, 부정적인 영향을 덜 받게끔 지도하여야 합니다.

저도 이를 공부하며 실천 중입니다. 새로운 시대에 맞는 새로운 육아 방식은 꾸준히 공부해야 하기 때문이지요. 지인 중 한 유치원 원장님께서 알려주신 방법을 활용하여 노력하고 있습니다. 분명 어렵습니다. 하지만 효과를 보고 있습니다. 몇 개월 전만 해도 시현이가 보고 있던 유튜브 영상을 그만 보라고 지시하였을 때, 울고 떼쓰기로 이어졌습니다. 하지만 지금은 기분이 썩 좋진 않지만, 인정하고 종료할 수 있습니다. 최근에는 주어진 시간이 끝나면 스스로 영상을 끄는 모습도 보입니다. 분명 효과가 있으니 따라 해보시길 권유합니다.

첫 번째, 가족 다 같이 휴대전화 사용 줄이기입니다. 저에겐 세 가지 단계 중 제일 어려웠던 변화였습니다. 휴대폰 없이 살기 힘든 세상이니까요. 아이에게 휴대폰 노출을 가장 많이 시키는 사람은 부모님입니다. 아이가 보는 앞에서만이라도 사용을 줄여야 합니다. 어렵고 힘듭니다. 현재 우리 집에선, 아이가 보는 앞에서는 갤러리의 사진도 보지 않습니다. 시현이는, 제가 휴대폰을 들고 소파에 앉기만 하면, 사진을 보자며 달려들곤 했습니다. 그래서 지금은 중요한 연락 외엔 휴대폰 사용을 최대한 줄이고 있습니다. 심지어 할머니, 할아버지와 안부 전화도 줄었습니다. 매일 저녁 영상통화를 하였는데, 이 또한 시현이에게 노출하는 것 같아, 빈도를 줄였습니다. 억지로라도 시현이가 있을 땐 책을 보려고 노력하고 있습니다. 책에 집중이 되지 않더라도 책을 펼치고 있어요. 그 덕분에 독서 시간도 늘고, 시현이에게 휴대폰 노출도 줄어들고, 일석이조의 효과가 있습니다. 휴대폰 사용을 조금씩이라도 줄여야 합니다.

두 번째, 어쩔 수 없이 휴대전화를 보여줄 때는 시간 약속을 합니다. 그리고 약속을 지킨 것에 대한 칭찬과 인정해주기가 필요합니다. 시간 약속은 종료되는 시점을 미리 알려주기 때문에 아이가 마음의 준비를 할 시간을 줍니다. 보여주기 전에, 언제까지 볼 것인지 시간 약속을 하고, 끝나기 5분 전, 1분 전, 30초 전 이렇게 시간을 알려줍니다. 우리 집에선 시간으로 끊지 않고 줄거리 별로 끊고 있습니다. 뽀로로나 콩순이를 보는데, 한 편당 10분 정도 소요되더라고요. "이번 편이 마지막이야."라고 말해주면 아이도 인정하고 순순히 돌려줍니다. 약속을 지켰으니 반드시 보상해주어야 합니다. 진심 어린 칭찬이면 충분합니다. 너무 과한 칭찬이나 선물은 오히려 역효과가 납니다. 엄마와의 약속을 지키는 것은 당연하기 때문에 적절한 칭찬과 인정만 해주면 됩니다.

셋째, 조금 과한 집착이 보이면, 화면을 흑백으로 바꿉니다. 실제로 아이들이 휴대전화에 호기심을 갖는 이유는 시각적인 색감 때문입니다. 알록달록한 색감은 아이의 시선을 집중시키기 충분하지요. 많은 실험에서도 이미 증명이 된 바가 있습니다. 아이들은 흑백으로 바꾼 화면에는 큰 호기심을 갖지 못합니다. 색채가 풍부한 영상을 보다가 갑자기 흑백으로 바뀌면, 아이들은 흑백을 없애 달라고 요구를 할 것입니다. 이때 두 번째 방법인 시간 약속을 한 뒤, 색깔을 바꿔주면 효과적으로 통제할 수 있습니다.

위 세 가지 단계를 꾸준히 활용하면, 휴대전화 사용을 조절할 수 있습니다. 물론 완전히 못 보게 하는 것은 불가능합니다. 대신 사용 시간을 조절하면서 아이는 자기 조절력 훈련을 하게 됩니다. 재밌는 놀이나 게임은 아이 스스로 통제하는 것이 어렵습니다. 얼마나 해야 하는지, 언제까지 해야 하는지, 어른들이 조절해주어야 합니다. 하지만, 위의 세 가지 단계를 꾸준히 하다 보면 아이도 스스로 조절하게 됩니다. 곧바로 실행하기는 어렵지만, 밥 먹을 시간이 되면 내려놓아야 한다는 점을 알게 되지요. 하고 있던 놀이를 통제받았을 때 분노의 감정도 조절하게 됩니다. 간혹 '빼앗겼다'라는 생각이 들어 화를 주체하지 못하는 아이들이 있습니다. 이 아이들에겐 필수적인 훈련이 바로 자기 조절력 훈련입니다. 휴대전화 사용을 조절하게끔 훈련하면서 감정에 대한 조절도 가르칠 수 있습니다.

위 세 가지 방법 외에도, 우리 집만의 규칙이 있습니다. 가끔 뽀로로를 틀어주기도 하는데요. 이때 반드시 빔프로젝터에 연결하여 큰 화면으로 보게 합니다. 저는 성격상 해줄 땐 시원시원하게 해주어야 합니다. 그래서 팝콘도 튀겨줍니다. 이왕 보여주는 거 확실하게 즐겁게 만들어주고 싶어서 영화관 분위기를 만듭니다. 좋은 점은 큰 화면이기 때문에 눈 피로감이 덜하다는 것입니다. 독자 여러분들도 각 가정에 맞는 규칙을 만들어보시기를 바랍니다.

이제는 전화기 없이는 못 사는 시대입니다. 어쩔 수 없이 아이들도 휴대폰과 친해질 수밖에 없습니다. 요즘은 업무 회의도 휴대전화로 하잖아요. 모든 정보도 그것을 통해 얻습니다. 저는 강의를 듣기도 합니다. 중요한 기록도 메모하지요. 이제는 휴대폰을 얼마나 잘 활용하는가가 키워드가 되었습니다. 사용을 무조건 제한하는 것보다, 허용하되 조절력을 기르게 하는 것이 올바른 길입니다. 휴대폰 사용에 대한 조절력 훈련은 사춘기까지 이어집니다. 유아기에 해결이 되는 사안이 아닙니다. 앞으로 꾸준히 노력해야 할 문제입니다. 무조건 통제가 아닌 올바른 사용을 배우도록 지도하시기 바랍니다.

6

말을 밉게 해서 큰일이에요

저는 대학교 시절 2년간 캐나다에서 지냈습니다. 공부도 하고 일도 하며 북미 여행을 다녔어요. 타지에서 자유롭게 생활하였죠. 혼자 공부할 때는 잘 늘지 않던 영어도, 외국인 친구들을 사귀기 시작하니 늘기 시작했어요. 그런데 신기합니다. 의도한 바는 아니지만, 영어를 배울 때 비속어를 더 빨리 배웠습니다. 외국인 친구들도 저와 함께 지내다 보면 한국어를 배우잖아요. 신기하게도 안 좋은 말은 더 빨리 배웠습니다. 자랑하고 싶은 이야기는 아니지만, 사실입니다.

아이들도 마찬가지입니다. 나쁜 말은 가르치지 않아도 빨리 습득합니다. 놀이터에서 아이들이 '아, 씨!', '아, 진짜!', '아, 시끄러워!'

처럼 짜증스러운 말이나 비속어를 내뱉은 적이 많습니다. 깜짝 놀란 적이 한두 번이 아닙니다. 여러 사람과 있는 자리에서 저희 아이가 갑자기 "아, 씨!"라고 한 적이 있습니다. 그때 모든 사람이 아이와 저를 번갈아 쳐다보던 눈빛이 아직도 생생합니다. 더 무서운 건, 아이들이 그런 표현만 따라 하는 것이 아니라, 그 감정도 따라 느끼게 되는 것입니다. 짜증 섞인 말을 자주 내뱉는 아이는 점점 그 모습이 자신의 성격이 됩니다. 처음엔 그저 말로만 "아, 시끄러워!"라고 했는데, 시간이 지날수록 미간을 찌푸리면서 말하기 시작합니다. 나중엔 짜증과 화를 내는 모습으로 변하게 됩니다. 말의 힘은 무섭습니다. 말의 표현이 변하면 성격도 같이 변합니다. 말을 밉게 하는 아이, 부정적인 말을 많이 하는 아이는 빨리 교정해주어야 합니다. 부정적인 성격이 되지 않도록 말을 예쁘게 하는 습관을 길러주어야 합니다.

유슬이의 할아버지는 유슬이가 "아, 진짜!!"라고 하며 짜증 내는 모습이 너무 귀여웠나 봅니다. 할아버지 눈에는 그럴 수 있잖아요. 세 살, 네 살의 작은 여자아이가 짜증을 부리는 모습을 보면서 그게 그렇게 사랑스러웠나 봅니다. 그래서 유슬이의 별명을 '아 진짜'라고 지어주었어요. 유슬이만 보면 "어이, 아 진짜 공주, 오늘은 짜증 안 났어요?"라며 장난을 치곤 했답니다. 그런데 유슬이가 커갈수록 짜증을 내는 모습이 과해졌습니다. 전혀 예쁘지 않지요. 가끔은 별일 아닌 것에도 짜증을 내었습니다. 선을 넘기 시작했어요. 유슬이의 엄마는 이에 맞대응하였습니다. 옳은 방법은 아니었습니다. 똑같이 짜증 섞인 표현을 하고, 느끼게끔 해주었습니다. 그리고 혼내기도 하였습니다. 그래서 유슬이에게 변화가 있었을까요? 전혀 없었지요. 오히려 짜증 내는 횟수가 더 늘어났습니다.

유슬이 엄마는 본인의 방식에 문제가 있음을 파악하고 공부하기 시작했습니다. 그리고 본인이 변화하자, 유슬이도 변하기 시작했어요. 아직도 가끔 옛날 모습이 나오기도 하지만, 유슬이는 이제 짜증 공주가 아닙니다. 밝고 예쁜 말을 많이 합니다. 최근에는 과일을 그렇게 잘 깎아줍니다. 2학년인데 참외, 사과, 배, 감을 깎아서 접시에 담아 대접하지요. 말을 바꾸었더니, 행동과 성격이 변하였습니다. 어떻게 하면 말을 예쁘게 하도록 지도할 수 있을까요?

첫째, 규칙 만들기입니다. 유슬이는 잠을 자기 전에 늘 동화책 5~6권 정도를 읽고 잠이 들었습니다. 일종의 잠들기 전 의식이랄까요. 그런데 늘 책을 가지고 와서가 문제였습니다. 책을 던지면서 "엄마, 이거!" 이렇게 말을 합니다. 엄마는 기분이 나빠서 빤히 쳐다보지요. 유슬이는 "빨리 읽어달라고! 읽으라고!"라며 짜증을 내기 시작합니다. 늘 이 패턴이 반복되었어요. 밤마다 유슬이와 다투는 것이 싫어서 규칙을 만들었습니다.

"이유슬, 잘 들어. 너 책 읽어주는 것 재밌고 좋아. 하지만 네가 예쁘게 말해야 읽어줄 거야. 앞으로 엄마한테 책 읽어달라고 할 때, 안아주면서 '엄마, 책 읽어줄래?'라고 물어봐. 알겠어? 한번 해 봐."

(안아주면서) "엄마, 책 읽어줄래?"

(밝게 미소 지으며) "당연하지! 뭐부터 읽을까??"

이렇게 규칙을 만들고 난 후부터 더 이상 책 때문에 싸우는 일이 없습니다. 늘 말투 때문에 싸우는 패턴이 있다면, 규칙을 만들어서 가르쳐주세요. 그 공식대로 말을 하다 보면 습관이 됩니다.

둘째, 카리스마와 다정함을 동시에 보여주어야 합니다. 사춘기가 빨리 온 듯한 4학년 요한이가 있었습니다. 늘 부정적인 표현에 짜증 섞인 말투 때문에 주변 아이들도 좋아하지 않았지요. 하루는 2, 3, 4학년 아이들이 같은 반을 이루어 축구 수업을 하는 날이었습니다. 일찍 도착한 요한이에게 제가 물었습니다. "요한아, 오늘은 동현이랑 같이 안 왔네? 동현이 안 온대?" 평소 동현이와 비슷한 시간에 오기 때문에 물었지요. 그랬더니, 요한이가 "제가 그걸 어떻게 알아요?"라고 했습니다. 짜증을 내는 듯한 말투로 말이죠. 저는 바로 정색하고, 강한 눈빛을 쏘며 "너, 말 그렇게 하는 거 아니야. 말 예쁘게 해. 그냥 '잘 모르겠어요.'라고 하면 되잖아. 꼭 그렇게 짜증을 내야겠어? 다시 말해 봐."

요한이의 표정은 불만이 가득했습니다. 투덜대듯이 "네, 잘 모르겠어요."라고 했습니다. 저는 바로 미소를 보이며 칭찬해주고 격려해주었습니다. 한 번 더 잘 설명하고 다독여주었죠. 그 이후로 요한이가 자기도 모르게 짜증 섞인 말을 할 때 저와 눈만 마주쳐도 "아, 죄송해요. 말 예쁘게 할게요."라고 하며 수정하려고 노력하였습니다. 더욱 놀라운 점은 요한이가 말을 바꾸려고 노력했더니, 성격도 밝아졌다는 것입니다. 주변 친구들도 밝아진 요한이와 조금씩 가까워졌습니다. 아이들은 결국 단호함과 카리스마가 있는 사람의 말을 듣습니다. 잘못된 행동은 따끔하게 이야기해주어야 합니다. 다만, 단호함으로 설명하는 시간은 최소한으로 줄이고, 아이가 말을 수정하자마자 바로 아이의 기분을 풀어주며 칭찬해주어야 합니다. 나쁜 말을 하는 습관은 카리스마와 다정함을 동시에 보여주어서 빠르게 수정하도록 합니다.

셋째, 같이 놀이하는 시간을 늘려야 합니다. 같이 놀이하는 시간을 늘리면, 엄마는 아이의 행동을 조절할 힘이 생깁니다. 아이 관점에서 즐겁고 재밌는 엄마가 됩니다. 그런 엄마가 단호한 모습을 보였을 때, 효과가 극대화가 됩니다. '나랑 재밌게 놀아주는 엄마인데, 내가 말을 예쁘게 하지 않는 것에 대해 이렇게 단호하구나. 고쳐야겠구나.'라는 생각이 들게끔 말입니다. 하지만 평소 놀이시간이 짧은 엄마는 그 효과가 덜합니다. 아이들은, 재밌는 장난감을 사주는 엄마보다, 재밌는 놀이를 같이해주는 엄마를 더 잘 따릅니다. 놀이하는 시간을 늘리면 훈육할 힘을 가지게 됩니다.

말의 힘은 위대합니다. 늘 불만 섞인 말을 하는 아이들은 그 모습 그대로 성격이 됩니다. 부정적인 성격으로 성장하지요. 좋은 말, 예쁜 말을 하도록 지도해주어야 합니다. 규칙을 만들어 변화시키고, 때론 단호함으로 가르쳐주기도 해야 합니다. 또한, 재밌는 엄마, 즐거운 엄마의 말이 더 큰 영향을 끼치므로, 평소에 같이 놀이하는 시간도 늘려야 합니다. 이러한 노력으로 우리 아이들 늘 예쁘게 말하도록 바꾸어보시기를 바랍니다.

7

엄마 껌딱지, 유아기 분리불안

"저희 아이가 분리불안이 와서요…."

"요즘 계속 붙어만 있으려고 하네요…."

"분리불안인 것 같기도 하고, 어떨 때 보면 엄마 없이도 잘 노는 모습을 보여주고… 어렵네요."

5세 초반, 유치원 생활이 시작되는 나이입니다. 물론 그 전부터 어린이집 생활을 한 아이들도 많습니다. 대부분 학원이 5~6세부터 시작하기 때문에, 본격적으로 독립적 활동을 시작하는 나이입니다. 이 시기 아이들은 분리불안 증세를 보이는 경우가 많습니다. 당연히, 처음 엄마와 떨어지는 것이 무섭고 두려울 테지요. 모든 아이는 낯가림이 있으므로 당연하다고 생각합니다. 이때는 기관에 보낸 지 한두 달이면 자연스레 없어집니다. 천천히 적응하도록 도와주어야 합니다. 선생님과 호흡을 맞춰 잘 적응시키면 크게 문제 되지 않습니다. 문제는 갑자기 분리불안이 찾아오는 경우입니다. 엄마로선 당황스럽지요. 잘해오던 아이가 갑자기 엄마 곁에만 있으려 하니까요. 평균적으로 6세에서 7세로 넘어가는 시기에 종종 나타납니다.

여섯 살 현제와 유안이는 평소 낯을 많이 가립니다. 조용하고 차분한 아이들이지요. 새로운 것에 적응하는 데 시간이 오래 걸리는 아이들입니다. 둘이 친구 사이라, 같이 용기 내어서 축구 수업에 참여하기 시작하였습니다. 처음에는 둘 다 긴장되어있고, 말수도 적었어요. 의사 표현도 많지 않았습니다. 화장실을 가고 싶다는 말도 쉽게 하지 못하였습니다. 다행히, 그 반의 인원이 적어서 선생님들이 유심히 돌봐줄 수 있었습니다. 그래도 엄마들과 떨어져서 수업에 참여한다는 것만으로도 충분히 적응하고 있다는 신호였습니다. 엄마들은 휴게실에서 수업을 볼 수 있습니다. 유리창으로 된 관람실에서 아이들을 응원해주었지요. 4주 정도 지나자, 아이들은 잘 적응하여 밝은 모습으로 운동하였습니다. 수업에 참여하는 적극성도 많이 좋아졌습니다. 말수도 많아지고, 표정이 달라졌지요. 긴장하는 모습은 더는 없었습니다. 엄마들도 잘 적응하는 아이들을 보니 안심이 되었는지, 수업하는 동안 볼일을 보고 오곤 했습니다. 아이들이 완전히 적응하고 여름이 되었을 땐 통학버스를 이용하였습니다. 엄마들은 방문하는 일이 거의 없었지요. 아이들은 완벽히 적응한 모습이었습니다.

그렇게 겨울이 끝나갈 때쯤 됐을까요? 어느 날부터 유안이와 현제가 적극성이 떨어지기 시작했습니다. 체력적으로 힘든지, 조금만 뛰면 힘들다며 쉬고 싶다고 하였습니다. 가만히 있고 싶어 했어요. 안 하려는 활동이 점점 많아지더니, 급기야 게임을 제외한 모든 활동에서 '안 하고 싶다'라고 말합니다. 부모님과 통화를 했을 때, 유치원에서도 같은 상황이라고 하더군요.

요즘 부쩍 엄마와 떨어지기만 하면 투정 부린다고…. 컨디션이 안 좋은 날엔, 유치원에 가지 않고 집에 있기도 했다고 하였습니다. 학원에서도 마찬가지였고요. 수강료는 계속 내는데 아이가 수업을 안 하니 엄마는 답답했겠지요. 결국, 유안이 엄마는 잠시 쉬는 것이 좋겠다며 학원을 그만두었습니다. 반면 현제의 어머니는 현제를 다시 변화시켜야 한다며, 계속 출석하였습니다. 수업에 와서 엄마 옆에서 앉아만 있다가 간 적도 있었어요. 그래도 현제 어머니는 개의치 않고 출석하였습니다. 현제에게 꾸준히 학원을 노출시켰어요. 가만히 있어도 괜찮다며 안심시켜주었고, 조금씩이라도 다시 해볼 수 있게 잘 유도해주셨습니다. 그 결과 어떻게 되었을까요? 현제는 약 1개월 동안 엄마 곁에서 떨어지지 않으려다가,

조금씩 수업에 참여하기 시작하였습니다. 마치 처음 학원에 온 것처럼 다시 적응하기 시작하였어요. 조금 시간이 걸렸지만, 결과적으로 다시 적응하였습니다. 현제 어머니의 차분한 대응으로 현제는 다시 즐겁게 운동하였습니다.

분리불안에 대한 대응은 차분함과 꾸준함으로 승부를 봐야 합니다. 아이가 흔들린다고 부모도 같이 흔들려서는 안 됩니다. 아이를 다시 적응시키려면, 부모가 아이를 데리고 다니면서 고생합니다. 하지만 어쩔 수 없어요. 아이에게 꾸준히 설명해주고, 언제나 곁에 있다는 안정감을 주어야 합니다. 학원이든 유치원이든 '잠시만 쉬어야지'라는 생각으로 포기하는 순간, 그 기간은 길어집니다. 아이에게 안정감을 주는 것에 초점을 맞추어야 합니다. 그 기간이 오래 걸릴지언정, 포기하는 것보다 빠릅니다. 아이가 유치원에 갈 때 말해줍니다. "잘 갔다 올 수 있어. 응원할게." "오늘도 좋은 하루 보내! 선생님께서 시현이 사진이랑 영상 보내주시면 꼭 볼게." "우리 아들 파이팅! 이따 보자!" 아이들은 하루아침에 바뀌지 않지만, 언젠간 변화합니다. 부모의 차분한 대응으로 천천히 적응시킬 수 있습니다.

또한, 불안한 아이에게 필요한 것은 부모와의 신뢰입니다. 작은 약속도 지키는 모습을 보여주어야 합니다. 엄마는 흘러가듯이 했던 말인데, 아이는 기억하는 경우가 많습니다. "이따가 젤리 줄게. 지금은 빨리 가자." 엄마는 아이와 빨리 가려고 한 말이지만 아이는 이 말을 정확히 기억하고 젤리를 요구합니다. 뱉은 말은 반드시 지켜서 신뢰를 쌓아야 합니다. 이러한 신뢰감은 떨어져 있어도 괜찮다는 믿음을 주게 됩니다. 꾸준하게 신뢰를 주고 안정감을 주면 아이가 다시 엄마와 떨어지기 시작할 것입니다. 아래는 평소 아이에게 안정감을 줄 수 있는 행동들을 모아보았습니다. 분리불안, 엄마도 힘들고 아이도 힘듭니다. 위 사례의 현제 어머니처럼 차분하고 현명하게 대처하여서 아이가 원활히 사회생활을 할 수 있게끔 지도하시기 바랍니다.

평소 아이에게 안정감을 줄 수 있는 행동

1) 내 기분에 따라 아이를 대하지 않기.

2) 작은 약속도 반드시 지키기. (지킬 수 없는 약속은 하지 않기.)
   - 지킬 수 있는 약속을 의도적으로 만들어 지키는 모습 보여주기.

3) 잠자는 시간은 반드시 기분 좋게 잠들기.

4) 혼나는 시간은 줄이고, 즐거운 시간 늘리기.

5) 기관에 가기 전, 미리 일정을 알려주기.

6) 역할 놀이 - 아이 모습 따라 하기.

8

부모는 선생님이고 의사이면서, 친구입니다

어릴 적 우리 집에는 비디오테이프 기계가 있었습니다. 시골 마을이었지만, 조금만 읍내로 나가면 비디오 대여점이 있었지요. 주말 밤만 되면 누나들의 손을 잡고 비디오를 빌려온 기억이 생생합니다. 어머니, 아버지는 재밌는 비디오를 사 오기도 하셨어요. 하루는 어머니께서 생일 선물로 디즈니 만화 비디오를 시리즈로 사주셨습니다. 그중 저는 라이언 킹을 가장 좋아했습니다. 몇 번이고 다시 봤어요. 대사를 다 외울 정도로 돌려 봤습니다. 나중 이야기지만, 뉴욕에서 라이언 킹 뮤지컬을 볼 때도 모든 대사를 다 알기 때문에 영어로 하는 말을 알아들을 수 있었어요. 라이언 킹은 사자들의 이야기를 그린 내용인데, 아빠 사자와 주인공 심바의 대화 장면이 인상 깊었습니다. 심바가 "아빠, 우린 친구 맞죠?"라고 했더니 아버지가 "그럼. 우린 가장 가까운 친구지."라고 했습니다. 마음속으로 다짐한 적은 없습니다. 그런데 뇌리에 박힌 것 같아요. 아이가 생기면 가장 가까운 친구가 되어주자고….

얼마 전 시현이와 몸으로 장난을 치며 놀고 있었습니다. 어느 집이나 같으리라 생각합니다. 아이와 함께 몸 놀이를 시작하였는데 부모님만 지치고 아이는 더 흥분합니다. 아이들은 흥분하면 과격해지잖아요. 시현이도 가끔 너무 과격해져서, 이제는 못 놀겠다며 엄마한테 가라고 말합니다. 시현이는 아빠랑 노는 게 좋다며 계속 붙어 있습니다. 그런데 곰곰이 생각해보니 말입니다. 엄마랑 놀 때는 앉아서 이야기도 나누고, 그림도 그리고, 차분하게 노는 거예요. 그래서 하루는, 왜 아빠랑 놀 때는 이렇게 몸으로 붙어서 노냐고 물었죠. 그랬더니 시현이가 말했습니다.

"아빠랑 제일 친하니까 그렇지!"

이 말을 듣고 온몸에 힘이 풀렸습니다. 시현이는 노느라 정신없는 상태였어요. 흥분되어 있었죠. 막 웃으면서 장난스럽게 말했어요. 그런데도 진심이라고 느껴졌습니다. 왜 그럴 때 있잖아요. 은연중에 말한 이야기가 진심으로 느껴질 때. 시현이가 정말로 아빠랑 제일 친하다고 느끼는 것 같았습니다. 친구 같은 아빠가 되어주고 싶었는데, 시현이가 그렇게 느끼고 있다니 재수 없게 들릴지도 모르겠지만 저 스스로가 너무나 대견스러웠습니다. 때론 무섭기도 할 텐데, 때론 잔소리 때문에 싫을 텐데 그렇게 말해주어서 고마웠습니다. 다행이었습니다.

아이에게 친구가 되어주는 것이 마냥 받아주기만 한다는 것을 의미하지는 않습니다. 때리거나, 예의 없는 행동을 하면 따끔하게 혼나기도 하지요. 권위주의적이지는 않지만 단호함은 분명히 있습니다. 때론 혼나서 울기도 합니다. 그래도 시현이와 사이가 돈독합니다. 친구 같은 부모가 되어주세요.

친구 같은 부모는 아이에게 두 가지 영향을 끼칩니다. 먼저 아이의 사회성을 발달시킵니다. 친구를 뜻하는 friend와 아빠를 뜻하는 daddy를 합쳐 friendy라는 신조어가 생겼습니다. 부모의 친구 역할이 아이의 사회성에 미치는 영향은 이미 많이 알려진 내용입니다. 두 번째, 친구 같은 부모는 아이의 스트레스를 풀 창구가 되어줄 수 있습니다. 아이들은 4, 5세가 되면 기관 생활을 시작합니다. 단체 생활을 위해 규칙과 질서, 양보를 먼저 배우지요. 그것이 아이들에게는 큰 스트레스가 됩니다. 내가 원하는 것을 포기해야 하고, 기다려야 합니다. 집에서의 생활과 완전히 다르지요. 유치원에서는 하지 못하는 행동이 많습니다. 친구들과 무엇이든 공유

해야 합니다. 목소리도 조절해야 하지요. 오랜 시간 다녀서 적응했다고 하더라도, 스트레스는 분명히 있습니다. 이러한 스트레스를 풀 수 있는 곳이 집입니다. 아이들의 유치원 생활은 어른들이 '직장'에 다녀오는 것과 같은 패턴입니다. 유치원에서 원하는 대로 놀지 못했으니, 엄마랑 놀 때 자유롭게 놀 수 있게 도와줍니다. 예를 들어, 유치원에서 친구와 함께 블록 쌓기를 하면 친구가 원하는 방향과 내가 원하는 방향이 다르므로 쉽게 무너지고 맙니다. 하지만 엄마는 아이가 원하는 대로 맞춰 줄 수 있습니다. 블록을 높이 쌓을 수 있지요. 엄마와 함께 놀면 스트레스를 풀 수 있습니다. 친구 같은 부모는 아이의 사회성을 발달시키고, 스트레스를 풀 수 있게 도와줍니다.

다만, 주의할 점이 있습니다. 친구 사이가 '막 대해도 되는 사이'는 아닙니다. 성인이 되어서도 마찬가지입니다. 아무리 친구라고 해도 막 대하거나, 무시하고, 괴롭히지는 않습니다. 만약 그런 사이라면 친구가 아니라 상하 관계겠지요. 아이와의 관계도 마찬가지입니다. 아이가 지켜야 할 선은 지키도록 분명히 알려주어야 합니다. 아빠를 때리는 아이들이 많습니다. 시간이 걸리더라도, 때리는 것이 잘못된 행동이라는 점을 분명하고 명백하게 알려주어야 합니다. 저는 폭력과 예의에 관한 부분에서는 조금 무서운 모습을 보

선생님 아빠, 아이에게 주고 싶은 단 하나의 힘

이기도 합니다. 아이들은 자제력이 부족합니다. 아빠를 때리는 습관이 다른 사람에게도 이어집니다. 때리거나, 나쁜 말을 사용한다거나, 무작정 고집을 피우는 행동에 대하여는 단호한 태도를 유지하여야 합니다.

또한, 위에서 말한 아이의 스트레스를 풀어주는 정도의 관계는 '친구'가 맞지만, 아이가 감정을 퍼붓고 쏟아내는 관계는 친구가 아닙니다. 그런 친구들 있잖아요. 늘 전화가 오면 자기 얘기만 하는 친구들. 그것도 안 좋았던 이야기만 하는 친구들. 올바른 친구 관계라고 할 수 없습니다. 늘 화가 났을 때, 우울할 때만 전화하는 친구들은 자신의 감정을 쏟아내고 싶을 때 나를 '이용'할 뿐입니다. 아이가 늘 화를 내고, 짜증을 내는데 이를 받아만 주는 관계는 친구 사이라고 할 수 없습니다. 부모님은 아이의 감정 쓰레기통이 아닙니다. 기쁠 때나 슬플 때나 감정을 함께 공유하는 것이 친구입니다.

요즘 부모님들의 지식수준이 어마합니다. 학교를 보내지 않고 가정에서 학교 공부를 합니다. 학교에서 배우는 대부분 과목을 가르칠 수 있습니다. 그렇다고 아이들이 뒤처지는 것도 아니에요. 선생님께서 가르치시는 것만큼 부모님들도 잘 가르쳐 주십니다. 또, 부모님은 아이의 상태를 누구보다 잘 아는 '의사'이기도 합니다.

아이의 눈빛만 봐도 상태가 어떤지 알아요. 표정만 봐도 아픈지, 안 아픈지 딱 보입니다. 심지어 부모님은 아이의 일정과 컨디션을 조절해주는 '매니저'이기도 합니다. 유치원 가랴, 학원 가랴 데리고 다니면서 스케줄 관리를 해주지요. 우리 아이에 대해서는 누구보다 잘 아는 전문가입니다. 아이에게 선생님이 되어주고, 의사도 되어주며, 매니저도 되어줍니다. 그런데 정작 중요한 친구는 되어주지 못합니다. 유아기 아이들의 유일한 친구는 부모님입니다. 아이에게 친구가 되어줄 수 있어야 합니다. 아이의 사회성을 발달시키고, 함께 스트레스 풀며 놀 친구는 부모님입니다. 지킬 선은 지키면서, 아이가 가장 좋아하는 친구가 되어주세요.

저는 유소년 축구코치였습니다. 유아 전문 선생님. 대략 1만 명의 아이들을 가르치거나 만났고, 약 2천 명의 학부모님과 상담을 했습니다. 그 누구보다 '아이'에 관하여 자신이 있었습니다. 내 아이가 태어나면 누구보다 잘 캐어할 수 있을 거라 생각했어요.

아이가 태어나기 전, 수많은 사람이 물었습니다.
"잘 키울 수 있겠어?" "걱정되지 않아?"

저는 늘 대답했어요.
"그럼, 전문가잖아."

근자감이라고 하나요? 근거 없는 자신감. 이러한 자만심 때문에 더더욱 준비하지 않았습니다. 육아에 관한 공부가 부족했고, 편협된 육아 정보만 가득했습니다. 부모가 될 준비, 아빠가 될 준비란 여러 의미를 내포하고 있습니다. 아이가 커가면서 부딪히는 상황에 대한 대처를 공부해야 합니다. 개월 수에 맞는 성장 파악, 필요 물품 등 1차원적인 준비는 물론이거니와, 정말 현실적으로는 경제적인 준비도 되어야 한다고 생각합니다. 특히 바른 심성을 가지는 내면의 준비는 필수입니다. 공부하고, 준비하여야 합니다. 그런데 사실, 아무리 책을 읽고, 육아 관련 영상들을 보아도 막상 상황이 닥치면 초보인 것은 다 똑같습니다. 당황하고 생각처럼 쉽지 않습니다. 남편은 모르는 것이 있으면 아내가 모든 것을 알 거라 생각합니다. 엄마도 첫 아이인 초보 엄마일 뿐인데…. 결론적으로, 저는 근거 없는 자신감으로 딱히 공부하지 않았습니다. 학원에서 만났던 아이들과 '우리 아이'는 완전히 달랐습니다. 어려웠습니다. 자기 자식은 다르다는 말이 왜 나오는지 알게 되었습니다. 그나마, 아이들을 가르치던 직업이었기에 저희 아이와의 소통 점수는 50점 정도였던 것 같습니다. 잘 준비할 걸 그랬습니다.

아이와의 소통을 위하여 반드시 기억해야 할 세 가지를 뽑아보았습니다. 먼저, 아이와의 소통은 나의 의사를 전달하는 것과 아이의 의사를 파악하는 것이 중요합니다. 나의 의사를 전달할 때는 '말' 이외에 다양한 표현 수단으로 전달하여야 합니다. 단순히 '말'로는 온전한 의사 전달이 어렵습니다. 표정이나 제스처, 목소리 톤을 활용하여야 합니다. 다양하게 표현해보시기를 바랍니다. 아이의 의사를 파악할 때 중요한 것은 관찰입니다. 아이의 행동과 표정을 유심히 관찰하고, 행동의 목적을 파악해야 합니다. 아이의 행동에 대한 많은 데이터를 가지고 있을수록 의사를 파악하기 쉽습니다. 그냥 관찰만 하면 잊어버리기 쉽습니다. 의사 캐치 4단계를 활용하여 기록하고 기억하시기 바랍니다.

둘째, 아이는 흥미와 재미, 즐거움 등 긍정적인 요소를 가진 사람을 잘 따릅니다. 소위 아이를 잘 다루는 사람들의 공통점은 바로 재미있다는 것입니다. 아이에게 늘 흥미를 주고, 긍정적인 에너지를 주는 사람입니다. 그런 사람이 단호함과 카리스마를 가졌을 때 훈육의 효과가 있습니다. 아이에게 즐거움을 주지 못하는 사람은 그저 무서운 사람밖에 되지 않습니다. 아이가 부모님의 말씀을 귀담아듣기 위해서는 평소 재미를 통해 소통하여야 합니다. 매일 잔소리를 하고, 하지 말라는 말만 하는 부모의 말은 귀담아듣지 않습니다. 한 귀로 듣고 한 귀로 흘려버립니다. 반대로 즐거움과 웃음을 주는 부모의 말에는 관심을 둡니다. 긍정의 에너지로 소통하여야 합니다. 니체는 이렇게 말하였습니다. '최고의 가르침은 아이에게 웃는 법을 가르치는 것이다.' 아이와 즐겁게 지내면 늘 활기찬 소통을 할 수 있을 것입니다.

셋째, 소통되지 않는 기준을 혹 아이에게만 두지 않았는지 생각해보아야 합니다. 나의 문제는 아닌지, 아이에게 너무 큰 기대를 하진 않았는지, 아이에게 너무 많은 규칙을 강요하진 않았는지 생각해보아야 합니다. 모든 가정에는 저마다 규칙이 있습니다. 규칙을 조금 내려놓아도 됩니다. 아이에게 바라는 것이 나의 욕심은 아닌지 체크해 볼 필요가 있습니다. 내려놓으면 한결 마음이 놓입니다. 아이의 마음이 이해가 가기 시작하고, 아이의 시선에 높낮이를 맞출 수 있습니다. 아이에게 하지 말라고 했던 것들이, 나를 위한 규칙인지 아이를 위한 규칙인지 한번 생각해보아야 합니다. 때로는 주변 엄마들이 추천하는 대로 규칙을 만드는 경우도 많습니다. 강의에서 본대로, 육아 서적에서 읽은 대로 규칙을 만들고 육아법을 따라 하는 부모님도 많습니다. 육아에 있어서 절대적인 것은 없습니다. 혼자 들기 버거운 규칙 육아, 가끔은 내려놓으시기를 바랍니다.

'의사소통을 잘하려면 시간과 인내, 기꺼이 다시 시도해보려는 마음이 필요하다.'

마리에타 맥카티

아이와의 소통에 있어서 가장 중요한 마인드는 끝까지 시도하는 마음입니다. 이렇게도 해보고, 저렇게도 해보아서 될 때까지 노력해야 합니다. 무엇이든, 하지 않으려고 하면 핑계가 보이고, 하려고 하면 방법이 보인다고 했습니다. 꾸준히 소통을 시도해야 합니다. 그렇다고 아이에게 일방적으로 다가가야 한다는 것을 뜻하지 않습니다. 앞서 언급하였듯, 때로는 아이가 먼저 다가오게끔 할 필요도 있습니다.

　소위 말하는 밀당이 필요합니다. 밀고 당기고, 때로는 직설적으로 말하기도 하며, 때로는 혼잣말하듯 돌려 말하고, 때로는 말없이 그저 눈빛으로 소통할 수도 있습니다. 아이와 소통 방법은 무궁무진합니다. 다양하게 활용하되, 끝까지 포기하지 않아야 합니다. 될 때까지 시도해야 합니다. 아이가 좋아하는 것을 찾고, 무엇에 흥미를 느끼는지 파악하여 반드시 소통하는 가정이 되기를 바랍니다.

이 글을 쓰는 현재, 아내의 뱃속에 둘째가 생겼습니다. 23년 3월이면 아이가 태어납니다. 사람들은 부모가 아이를 키운다고 표현합니다. 하지만 여러 의미로, 아이가 부모를 키웁니다. 지금 시현이가 저를 키우고 있습니다. 내년에 태어날 둘째 '달'이는 또 한 번 저희 부부를 키워낼 것입니다. 육아는 부모가 아이를 키우는 것이 아닙니다. 엄마, 아빠, 아이가 다 같이 성장해나가는 여행입니다. 이 책을 읽는 독자 여러분도 아이와 활발한 소통으로, 늘 성장하는 가족 여행이 되기를 바랍니다. 감사합니다.